SEINE MENSCHLICHE NANNY

MICHELE MILLS

INFORMATIONEN ZUM URHEBERRECHT

HOLEN SIE SICH IHR KOSTENLOSES BUCH!

Tragen Sie sich in meine E-Mail Liste ein, um als erstes von Neuerscheinungen, kostenlosen Büchern, Sonderpreisen und anderen Zugaben zu erfahren.

https://geni.us/jungfrauunddervampir

SEINE MENSCHLICHE NANNY

Monster lieben kurvige Mädchen Band 1

Meine Leibeigenschaft ist fast vorbei und die Freiheit ist nur noch einen Herzschlag entfernt!

Bis irgendein Alien-Typ mich kauft, weil er eine Nanny braucht, und zwar schnell. Was zur Hölle? Dabei kann ich nicht einmal gut mit Kindern. Ich habe noch nie in meinem Leben eine Windel gewechselt. Aber die Wesen bei der Arbeitsagentur wollen nicht auf mich hören. „Mön-schen sind gerade angesagt. Jeder will eine mönsch-liche Nanny."

Toll. Und da kein anderer Mensch verfügbar ist, werde ich sofort eingestellt.

Na super.

Und am ersten Tag in meinem neuen Job habe ich eine Panikattacke, weil ich endlich meinen neuen Boss kennenlerne und er aussieht wie Satan höchstpersönlich. Ungelogen. Schwarze Hörner, rote Augen und glitzernde Klauen mit silbernen Krallen. Er hat sogar einen Schweif mit Widerhaken, eine gespaltene Zunge und er spuckt Feuer. Dieser Kerl ist furchterregend und seine Kinder sehen genauso aus wie er.

*Herzklopfen*Schnappatmung*

Und doch, während ich mich um diese seltsam anbetungswürdigen Säuglinge kümmere und sehnsüchtig meinen unverschämt wohlhabenden Chef anhimmle, wenn er seine Zwillingsbabys in seinen riesigen, muskulösen Armen wiegt, … pocht mein verräterisches Herz wie wild und mein Körper erhitzt sich wie Lava.

Oh nein.

Und ich beginne mich zu fragen – habe ich meine Seele an den Teufel verkauft?

RILEY

„Sie wissen, dass diese Agentur nichts weiter ist als ein Vorwand, um Wesen zur Leibeigenschaft zu verpflichten, richtig?"

Meine „Kundenbetreuerin" bei der Arbeitsagentur senkt ihr gläsernes Handheld-Tablet und schaut mich mit ihren Glupschaugen an. Sie hat die Nase voll von meinen klugscheißerischen Kommentaren. „Rrrriley", zischt sie meinen Namen mit Absicht. „Was kümmert Sie das? Unsere Geschäftspraktiken gehen Sie nichts mehr an. Sie sind fast fertig."

Ich beiße mir auf die Zunge und schaue mich in dem geschäftigen Büro um. Ja, ich bin kurz davor, meine Freiheit wiederzuerlangen. Heute ist mein letzter Tag im Dienste dieser Halsabschneider. Meine Koffer sind gepackt und ich habe ein Ticket runter von diesem Planeten. Warum dann noch einen Wirbel veranstalten? Aber Wirbel sind meine Spezialität. Ich halte vielleicht die meiste Zeit die Klappe, aber wenn ich ein Unrecht sehe, dann sage ich es auch, verdammt noch mal. Deshalb beuge ich mich vor. „Ich habe bei Ihrer Agentur unterschrieben, weil ich dachte, ich wäre nur ein Jahr hier, und stattdessen haben Sie mir die letzten fünf Jahre meines Lebens geraubt."

Die Creekanerin hinter dem Schreibtisch stößt den leidgeprüften Seufzer einer Beamtin aus, die genau weiß, was los ist, der es aber scheißegal ist. Außerdem hat sie mich schon unzählige Male über dieses Thema meckern hören. „Hier", presst sie durch die Zähne hervor und versucht, mir das Tablet zu reichen. „Unterschreiben und autorisieren Sie einfach die verdammten Ausreisedokumente und wir gehen schon sehr bald getrennte Wege."

Oh, das würde ihr natürlich gefallen. Hm. Sobald ich mich in meinem neuen Quartier auf Omega 9 eingerichtet habe und etwas Geld auf der hohen Kante habe, werde ich diesem Laden hier die Sammelklage seines Lebens verpassen. „Ich arbeite jetzt seit fünf Jahren für diese Agentur", wiederhole ich, „und ich bin immer noch *stinksauer*, weil keiner von Ihnen den Anstand hatte, sich für das, was mir zugestoßen ist, zu entschuldigen."

„Entschuldigen? Wofür entschuldigen? Ist es meine Schuld, dass Sie einen Vertrag unterschrieben haben, ohne ihn zu lesen? In dem Vertrag, den Sie unterschrieben haben, stand eindeutig, dass …"

Mein Kinn schlägt gegen meine Brust. Ich kann mir diesen Mist wirklich nicht mehr anhören.

In dem Moment, als die Menschen zu Bürgern der vier Sektoren wurden, kam diese „Intergalaktische Arbeitsagentur" auf die Neue Erde und eröffnete ein Pop-up-Büro auf dem belebtesten Platz Singapurs. Ich war so jung und verzweifelt, dass ich vor Freude gequietscht habe, als sie mir ihr Angebot unterbreiteten, und mich sofort anmeldete. Sie versprachen mir, wenn ich ein Jahr lang „ehrliche Arbeit" leisten würde, bekäme ich einen saftigen Bonus und freie Einreise an einen Ort meiner Wahl innerhalb der vier Sektoren. Das klang fabelhaft. Ich war ein Waisenkind ohne

Perspektiven – was war schon ein Jahr, wenn ich danach meinen rückständigen Provinzplaneten verlassen und anderswo neu anfangen konnte? Jeder wusste, dass die besten Jobs fernab dieses Planeten zu finden sind. Das „Wo muss ich unterschreiben" stand mir förmlich auf die Stirn geschrieben. Natürlich stellte sich später heraus, dass es ein totaler Schwindel war.

Ich habe die wichtigste Regel im Leben vergessen: Wenn es zu gut klingt, um wahr zu sein …, dann ist es das auch.

Wenigstens waren diese Wesen keine Sex-Händler; das muss ich ihnen zugutehalten. Die Agentur hat mir tatsächlich eine ehrliche Arbeit verschafft. Ihr Schwerpunkt liegt auf der Vermittlung von Kräften für schwer besetzbare Stellen in den abgelegeneren Gebieten der vier Sektoren – Nannys, Assistenten, Krankenpfleger, Hospizpersonal, Reinigungspersonal, private Köche und dergleichen.

Und es stellt sich heraus, dass ich den Job, den ich bekommen habe, wirklich mag. Der Job war nie mein Problem. Mein Problem ist, dass sie mir einen Hungerlohn für all meine harte Arbeit zahlen und den Rest in ihre eigene Tasche stecken. Ich werde total über den Tisch gezogen. Diese Agentur lässt mich ausbluten. Ich mache die ganze harte Arbeit im Außendienst und die kriegen das meiste von meinem Geld. Und das ist scheiß-unfair. Und genau deshalb bezeichne ich ihre Machenschaften als nichts anderes als Leibeigenschaft.

Aufgedeckt habe ich ihren Schwindel am Ende meiner ersten Anstellung. Ich habe mir den Arsch aufgerissen als Pflegerin des betagten Patriarchen einer surrelischen Familie, habe dafür gesorgt, dass seine Pflege koordiniert wurde und dass er so glücklich und komfortabel wie möglich leben konnte. Es war eine gute Stelle und ich stellte fest, dass ich sogar stolz darauf war, mich mit jemandem anzufreunden und jemandem zu helfen, der meine Hilfe eindeutig brauchte.

Und ein Jahr später, als meine Aufgabe dort leider endete, weil mein Klient verstorben war, dachte ich, das sei das Ende meines Vertrags. Aber dann, weil die Familie, für die ich gearbeitet hatte, mich so sehr mochte (was sehr, sehr lieb von ihnen war), hinterließen sie eine Fünf-Sterne-Bewertung auf meinem Agenturprofil zusammen mit einem scheißlangen Dankesbrief. Und plötzlich war ich die gefragteste Mitarbeiterin der Agentur. Oje. Und damit kam auch noch das Kleingedruckte in meinem Vertrag zum Tragen, von dem ich gar nicht gewusst hatte, dass es existierte. Anscheinend ist man nämlich nur dann von seinen vertraglichen Verpflichtungen entbunden, wenn man nicht von Klienten angefordert wird. Wenn man jedoch angefordert wird, kann die Agentur mich auch weitervermitteln. Auf unbestimmte Zeit.

Tja, Scheiße.

Woher sollte ich das wissen?

Und um ehrlich zu sein, hätte es auch nichts an meiner Arbeitsweise geändert, wenn ich es gewusst hätte. Meine Freundin Chloe sagt, es sei einer meiner Fehler, diese blinde Loyalität, die ich gegenüber meinen Kunden an den Tag lege, aber ich kann nicht einfach ändern, wer ich bin. Ich sorge mich um meine Klienten und möchte mein Bestes für sie geben. Und so wiederholt sich dieses Spiel von Mal zu Mal aufs Neue. Ich leiste gute Arbeit, es gibt eine glänzende Bewertung, ich werde angefragt und bekomme eine neue Stelle zugewiesen. Jedes Mal, wenn ich mich bei der Zentrale darüber beschwere, dass sie mir eine Verlängerung nach der anderen aufs Auge drücken, antworten sie mit der einen oder anderen Variante desselben Satzes: „Sie haben den Vertrag unterschrieben. Es ist nicht unsere Schuld, dass Sie das Kleingedruckte nicht lesen. Lassen Sie beim nächsten Mal einen Anwalt den Vertrag prüfen, bevor Sie unterschreiben." Ja, als ob ich einen Anwalt auf Kurzwahl hätte. Und sie schauen auch immer so gequält drein, wenn sie das sagen, als wären ihnen die Hände gebunden und sie *wünschten,* sie könnten mir helfen, aber … „Sie haben den Vertrag unterschrieben."

Endlich bin ich ihren Tricks auf die Schliche gekommen. Es ist nicht die Schuld meiner Klienten, dass ich an einen beschissenen Vertrag gebunden bin. Ich habe mich nie bei ihnen darüber beschwert und sie mussten sich auch nie mein Gejammer anhören. Ich tue immer mein Bestes für meine Klienten und opfere mich für sie auf. Meine Wut und meinen Groll hebe ich mir für die Zentrale auf.

Auf der positiven Seite kann ich eine echte Freundschaft mit der großartigen erwachsenen Tochter meines letzten Klienten, dem Patriarchen einer noblen Xylaner-Familie, vorweisen. Und als es für mich an der Zeit war zu gehen, habe ich sie gefragt, ob sie mir bitte eine *schreckliche* Bewertung geben und sie auf meinem Agenturprofil veröffentlichen könnte. Nachdem sie ihren Schock und ihr Entsetzen über meine bizarre Bitte überwunden hatte, tat sie zögernd, worum ich sie gebeten hatte, und ihre „schlechte Bewertung" wirkte wahre Wunder. Das wars, niemand wollte den weiblichen Menschen, der vom Hause Ulmath eine Ein-Stern-Bewertung erhalten hatte.

„Mön-sch, einfach hier unterschreiben und Sie sind frei", seufzt die Creekanerin. Ich greife nach vorne, doch plötzlich leuchtet ein rotes Licht auf ihrem Tablet auf. „Oh, oh." Die schuppige Stirn der Beamtin runzelt sich, sie reißt das Gerät an sich und sieht sich das Licht an.

„Was ist los?", frage ich und mir wird flau im Magen. Ein blinkendes rotes Licht ist nie ein gutes Zeichen.

Sie sieht mit einer Grimasse im Gesicht auf. „Sie werden gerade wieder angefordert."

Ich springe aus meinem Stuhl hoch. „Nein!" Das kann

doch nicht sein. Nicht nach all meiner sorgfältigen Planung und harten Arbeit. Wie ist das nur möglich?

Die dornigen Stacheln auf ihren Schultern fallen zur Seite um. „Ja. Es wird dringend ein Mön-sch gesucht und …" Ihre Klaue streicht über den Bildschirm, während sie verzweifelt nach jemand anderem als mir sucht, um diese Position zu besetzen. „Sie sind der einzige Mön-sch, der im Moment verfügbar ist."

Was zum Teufel? Das kann doch nicht wahr sein. „Nein. Ändern Sie das und geben Sie den Job jemand anderem."

„Ich kann es nicht ändern. Der Bildschirm ist gesperrt. Ich habe keine Admin-Rechte."

„Aber ich habe meine Koffer gepackt", wimmere ich, während ich mich wieder auf meinen Stuhl fallen lasse und auf den roten Koffer blicke, den ich heute Morgen gekauft und gepackt habe. „Ich habe eine Kaution für eine Wohnung hinterlegt …"

„Es tut mir leid, Riley, aber der Vertrag ist eindeutig."

Ich knirsche mit den Zähnen. Ein riesiger Wachmann mit grünen Hörnern taucht auf und positioniert sich wortlos in der Türöffnung. Ja, sie sollten tatsächlich besser Verstärkung rufen. Das ist doch Mist. Ich hebe mein Kinn. „Was für ein Job ist es?"

„Eine Nanny."

Wieder fahre ich aus meinem Stuhl hoch. „Eine Nanny? Ich sorge nicht für Babys, nur für Greise." Sie wissen das. Ich bin spezialisiert auf Altenpflege. Ich koordiniere das Pflegepersonal, sorge dafür, dass alle Termine und ein Zeitplan eingehalten werden und dass die richtigen Medikamente oder Therapien verabreicht werden. Ich habe immer den Überblick und sorge dafür, dass mein Klient glücklich ist und sich wohlfühlt. Ich bin gut in dem, was ich tue, und die Familien sind immer erleichtert, wenn sie wissen, dass ihr Angehöriger hervorragend betreut wird. Ich habe sogar vor, mir damit ein Leben aufzubauen – ich bin dabei, mich am begehrten Geriatrie-Institut auf Omega 9 weiterzubilden.

Die Creekanerin zuckt mit den Schultern. „Es gibt keinen großen Unterschied zwischen dieser neuen Aufgabe und Ihren früheren Positionen. Sie sind auch hierfür qualifiziert. Mön-schen sind bekannt für ihre Fähigkeit, sowohl den Jungen als auch den Alten gegenüber Mitgefühl und Fürsorge zu zeigen. Das scheint Ihrer Spezies im Blut zu liegen."

Meine Kinnlade fällt herunter. „Aber ich …"

Und genau in diesem Moment stürmt eine wild gewordene Büroleiterin an der Wache vorbei in unsere Büronische. Sie ist außer sich und stolpert auch noch, als sie hastig und geradewegs auf den Schreibtisch der Creekanerin zustürmt. „Wir brauchen sofort einen Mön-schen für die Stelle einer Nanny", keucht sie. „Haben wir gerade einen Mön-schen im Büro?"

Meine creekanische Betreuerin deutet mit einer Kralle auf mich.

Oh, verdammt.

Die Managerin dreht sich mit einem charmanten Lächeln auf dem Gesicht um, sieht, dass ich es bin, und glotzt mich verwirrt an. Sie klammert sich an die Kante des Schreibtisches und sieht buchstäblich aus, als würde sie gleich losheulen.

Ich versuche, nicht zu grinsen, aber es fällt mir schwer. Oh ja, hier kennt mich jeder. Ich habe mich in der Vergangenheit schon oft mit diesem Weibchen angelegt. Ich setze mich hin und schlage meine Beine übereinander.

Sie presst ihre schuppigen Lippen zu einer flachen Linie zusammen und ihre Nasenlöcher blähen sich auf, bevor sie dem Blick meiner resoluten Betreuerin begegnet. „Was immer nötig ist", stößt sie hervor. „Wir brauchen Riley Anderson in dieser Position. Ein reicher Hyrrokine hat soeben eine mönnn-sch-liche Nanny angefragt. Wenn wir schnell handeln, können wir die Ersten sein, die sich den Auftrag sichern."

Die Creekanerin saugt die Luft ein und ihre großen Augen funkeln vor Habgier. „Ein Hyrrokine?", haucht sie, als könne sie sich ihren Bonus schon bildlich vorstellen.

„Ja. Alle wohlhabenden Wesen in den vier Sektoren wollen nur Mön-schen, die sich um ihre Nachkommen kümmern. Mön-sch-liche Nannys sind im Moment der letzte Schrei."

Beide rollen mit ihren Glupschaugen bei den extravaganten Ansprüchen der Reichen und Verwöhnten.

Hey!

Dann drehen sie sich beide um und schauen wieder mich an.

Die Managerin verschränkt die Arme und kneift die Augen zusammen. „Was wird nötig sein, damit Sie diese eine letzte Stelle annehmen?", fragt sie.

„Ich arbeite nicht mit Babys", betone ich erneut. „Ich habe noch nie in meinem Leben eine Windel gewechselt. Vielleicht kann ich nicht mal gut mit Kindern umgehen. Haben Sie schon mal daran gedacht?"

Sie zuckt mit den Schultern. Ihr ist das ebenso egal wie der Betreuerin. „Sie kriegen das hin. Ihre Fähigkeiten werden sich auf die neue Position übertragen."

Ich schnaube zornig auf.

„Was wollen Sie?", fragt sie.

Was ich will? Oh, wow. Sie will, dass ich ihr ein Angebot mache? So reden sie sonst nie mit mir. Ich blinzle und lehne mich in meinem Stuhl zurück. Das ist wie ein Lottogewinn. Vielleicht sollte ich die Sache ein wenig ernster nehmen. „Ich mache diesen einen letzten Job und das wars?", frage ich. „Keine Verarsche und Vertragsverlängerungen mehr?"

„Ja."

„Hmm." Ich denke eine Sekunde darüber nach. Vielleicht sollte ich *tatsächlich* diesen einen letzten Job annehmen. Nicht für sie, sondern für mich … und für Chloe. Ich versuche schon seit Monaten, einen Weg zu finden, meine beste Freundin mit nach Omega 9 zu nehmen, aber es war finanziell nicht machbar. Vielleicht klappt es ja doch noch. Aber ich bin noch nicht einmal eine Nanny und ich werde ein oder zwei Semester am Institut zurückfallen, um diesen Auftrag auszuführen … Ich kneife meine Augen zu engen Schlitzen zusammen. Wenn sie mich wollen, kostet das etwas. „Okay", sage ich. „Ich mache es, wenn Sie meinen Bonus verdreifachen."

„Verdreifachen?", quiekt sie.

„Ja, *verdreifachen*", antworte ich mit fester Stimme. „Und ich will, dass Sie mir einen Platz in der ersten Klasse zu meinem nächsten Auftrag und wieder zurückbezahlen. Ich habe die Schnauze voll von diesem ‚Die billigste Koje, die Sie finden können'-Mist, den Sie mir jedes Mal antun. Und auf Omega 9 will ich ein Apartment-Upgrade zu einem Familienquartier. Wenn Sie diese drei Dinge tun" – ich zähle sie an meinen Fingern auf – „meinen Bonus verdreifachen, die An- und Abreise erster Klasse buchen und meine Unterkunft aufwerten, dann werde ich diesen Job für Sie erledigen. Ich kann sogar sofort anfangen, wenn Sie wollen."

Die Managerin schluckt schwer und Schweißperlen stehen ihr auf der Stirn. „Einverstanden."

Wow, ich bin irgendwie überrascht, dass sie sich auf all das eingelassen hat. Selbst ich fand es ein bisschen viel verlangt. Allein die Reise erster Klasse ist sündhaft teuer. Aber was habe ich schon zu verlieren? Wenn sie Nein sagen, dann ist mein Vertrag mit sofortiger Wirkung beendet und ich bin frei. Aber wenn ich diesen einen letzten Job mache, kann ich Chloe finanzieren. Ich stelle mir schon die Zwei-

Zimmer-Wohnung mit Gartenblick vor, mit meiner besten Freundin als Mitbewohnerin. Das wird wunderbar.

Aber … ich traue diesen Wesen nicht über den Weg. „Woher weiß ich, dass ihr mich nicht wieder abzieht?", frage ich.

„Wir werden einen neuen Vertrag dafür abschließen."

Ich lehne mich in meinem Stuhl zurück und grinse. „Erst, nachdem er von meinem Anwalt geprüft wurde."

ICH DENKE NICHT DARAN, mich nach den Hyrrokinen zu erkundigen und danach, wie ihr Heimatplanet aussieht, bis ich zu meinem nächsten Auftrag abkommandiert werde.

So aufgeregt bin ich.

Und im Ernst, wie schlimm kann es schon sein? Ich bin es gewohnt, mit einer Vielzahl verschiedener Spezies zu arbeiten. In meinen fünf Jahren bei der Agentur habe ich mit Creekanern, Xylanern, Surrelianern, Grünhörnern und sogar einer Hurlianerfamilie gearbeitet. Nur, weil ein Wesen anders aussieht als ich, bedeutet das nicht, dass wir keine Gemeinsamkeiten haben. Das habe ich in der Vergangenheit gelernt. Alle Wesen leben, lachen, arbeiten, hassen, lieben, essen und schlafen. Alle wollen die gleichen Dinge – geliebt und verstanden werden. Ich kümmere mich um jeden Klienten so, wie ich mir wünschen würde, dass sich jemand um meine eigenen Großeltern kümmert, oder wie ich hoffen würde, dass man sich eines Tages um mich kümmert, wenn ich einmal pflegebedürftig werde. Ich atme tief ein und stelle fest, dass die Betreuung dieses Hyrrokinen-Babys nicht wirklich anders sein wird. Ich werde mich um dieses Baby so kümmern, wie ich mir wünschen würde, dass man sich um mein eigenes Kind kümmert. Es gilt immer noch dieselbe Regel, die ich schon früher angewandt habe, und das ist seltsam beruhigend.

Ich laufe durch die hallende Transporterstation und versuche, so zu tun, als ob ich dazugehören würde. Meine Absätze klacken auf dem glänzenden Boden und ich bemühe mich, nicht auf all die nüchternen Prominenten in Designermode und die anderen VIPs zu starren, die mit ihrem Gefolge von Sicherheitskräften hier durchkommen. Wow! Ich bewege mich leise durch die Halle und gehe an der Seite des Flurs entlang, um mich auf den Weg zu meinem eigenen Einstiegsbereich zu machen.

Wenigstens habe ich mir ausnahmsweise mal wirklich Zeit für mein Äußeres genommen.

Ich trage ein süßes Neckholder-Top, stylische Crop-Jeans und Riemchensandalen. Gestern habe ich mir eine Spa-Behandlung gegönnt, was ich in meinem ganzen Leben noch nie gemacht habe. Ich hatte eine Gesichtsbehandlung, eine Wachsbehandlung, ein Peeling sowie eine Ganzkörpermassage. Es war unglaublich angenehm. Ich habe mir sogar die Haare schneiden und färben lassen und meine Nägel sind in einem neuen glänzenden Pink lackiert. Meine Kleidung ist figurbetont und ermöglicht einen schönen Blick auf meine üppigen Kurven und prallen Arme. Ich schreite den Flur entlang und versuche, „cool" auszusehen, als wäre ich vom Originalplaneten. Normalerweise gebe ich mir nicht so viel Mühe; ich mag lockere Klamotten und bequeme Schuhe. Aber gestern habe ich beschlossen, dass ich eine Veränderung brauche. Zeit für das hässliche Entlein, sich in einen Schwan zu verwandeln und in Richtung Omega 9 in die Freiheit zu fliegen.

Ich habe meiner Studienberaterin am Institut für Geriatrie eine Nachricht geschickt und sie meinte, es sei kein Problem und ich könne meinen Starttermin verschieben und zu Beginn des nächsten Semesters einsteigen oder, wenn nötig, auch erst im Jahr darauf. Die Kaution für meine Wohnung habe ich auch zurückbekommen und stattdessen habe ich mich auf die Warteliste für die Familienquartiere setzen lassen. Puh. Ich habe eine richtige Karriere und ein richtiges Leben für mich auf die Beine gestellt. Ein Leben, in dem ich mir endlich die Zeit nehmen kann, einen Freund zu finden, der mir dabei hilft, diese lästige Jungfräulichkeit loszuwerden.

Aber zuerst habe ich noch einen letzten Job zu erledigen.

Ich tippe auf mein gläsernes Tablet. Hmm. Die Agentur hat mir nicht die üblichen Vorabinformationen geschickt, die sie sonst vor einem Auftrag übermitteln. Na ja, zumindest habe ich die Chip-Straße hinter mir und der entsprechende Sprachübersetzer ist in meinem Gehirn implantiert. Die nötigen Impfungen haben sie mir auch verpasst, also bin ich bereit. Na ja, so bereit, wie man für einen Job sein kann, auf den man überhaupt nicht vorbereitet ist.

Ich schnaube.

Babys?

Ich habe wirklich noch nie in meinem Leben eine Windel gewechselt. Das wird verdammt knifflig werden.

Ein Wachmann kontrolliert mein Ticket und ich werde in einen schicken Transporterraum geführt. Hier drin ist alles sehr vornehm, mit schönen Sitzen und lächelnden Mitarbeitern. Jemand nimmt meinen Koffer und stellt ihn neben mich, während ein anderes Wesen beginnt, mir den Ablauf zu erklären. Ich stehe auf der Lichtscheibe, während sie mir freundlich aufzählen, was mich während dieses Transports erwartet, mir ihre perfekte Sicherheitsbilanz auflisten und mich über das Wunder der Sofortreise ins Bild setzen. Ich sage, dass ich bereit bin, und kurz darauf beginnt ein Countdown, an dessen Ende sich ein Kitzeln in meinem Bauch meldet. Im nächsten Augenblick löse ich mich völlig schmerzlos in eine Ansammlung von Atomen auf, fliege durch das Weltall und werde auf einer anderen Lichtscheibe auf der gegenüberliegenden Seite der vier Sektoren wieder zusammengesetzt. Im Handumdrehen stehe ich in einem völlig anderen Transporterraum auf der anderen Seite des Universums.

Es hat funktioniert. Wow, davon könnte ich süchtig werden.

In wenigen Sekunden bin ich einigermaßen ansprechbar. Ich konzentriere mich auf meinen Griff um den roten Koffer, denn irgendwie brauche ich das tröstliche Wissen, dass ich noch alle meine Sachen bei mir habe. Ich nehme einen tiefen Atemzug. Wie geht es weiter? Muss ich warten, bis mir gesagt wird, dass ich von der Scheibe herunterkommen soll, oder verlasse ich sie einfach, wenn ich bereit bin?

Ich höre Geräusche. Meine Augen haben ihre volle Sehkraft noch nicht zurückerlangt. Ich warte geduldig darauf, dass das geschieht; ein Mitarbeiter hat mich darauf hingewiesen, dass mit einer Verzögerung von ein paar Sekunden bei der Rückkehr aller Sinne zu rechnen ist. Es muss doch auch hier Personal anwesend sein wie bei meiner Abreise, oder?

Und wann treffe ich meinen neuen Arbeitgeber? Bisher habe ich bei meinen Aufträgen immer, wenn ich das Schiff verlassen habe, jemanden in der Menge entdeckt, der einen blinkenden Bildschirm mit meinem Namen in der Hand gehalten hat. Manchmal war es mein eigentlicher Boss – ein Familienmitglied meines Auftraggebers –, aber meistens war es jemand vom Personal. Irgendjemand war eigentlich immer da, um mich abzuholen, aber dieses Mal arbeite ich für ein Paar. Kommen sie zu zweit oder schicken sie jemand anderen, um mich abzuholen? Bringen sie das Baby auch mit? Es ist so verwirrend. Außerdem, was ist, wenn ich meine Sache nicht gut mache? Das Paar, das mich eingestellt hat, denkt, dass Menschen die besten Nannys sind, aber was, wenn ich eine absolut miserable menschliche Nanny bin? Ich könnte mich tatsächlich als

Blamage für meine gesamte Spezies und meinen Beruf herausstellen.

Ich beiße mir auf die Lippe und atme noch einmal tief ein.

„Mön-sch?", fragt eine tiefe Stimme, „Riley Anderson?"

Ich wende mich dem Wesen zu, das meinen Namen ausgesprochen hat. Ich mag diese Stimme. Der Klang ist angenehm und beruhigend. Und als meine Augen endlich wieder ihren Dienst aufnehmen, kann ich alles um mich herum gestochen scharf sehen. Meine Augen verengen sich auf die riesige Gestalt, die vor mir steht. Ich blinzle und starre sie an.

Aus meiner Kehle dringen würgende Laute.

Und ich habe ernsthaftes Herzklopfen. Oder hyperventiliere ich etwa?

Ein grauenvolles, blutrotes Gesicht mit funkenden schwarzen Augen und spitzen Hörnern auf der Stirn steht vor mir. Dolchartige Reißzähne ragen über seine schwarzen Lippen hinaus und ein mit Widerhaken versehener Schweif zuckt in der Luft hinter ihm.

Bin ich beim Transport gestorben?

Bin ich in der Hölle angekommen und das ist Satan?

„Mön-sch?", zischt das Wesen mich mit gespaltener Zunge an.

Ich schreie und alles wird schwarz.

AEGIR

*B*ergelmir stößt ein missbilligendes Schnauben aus. Ich sehe meinen Bruder an. „Halts Maul", knurre ich. Und dann schaue ich wieder hinunter auf das weiche Menschenweibchen, das ich mit meinen Armen aufgefangen habe. Das Weibchen, das einen Blick auf mich geworfen und geschrien hat, bevor es in Ohnmacht gefallen ist.

Der Raum füllt sich mit lautem Gelächter und ich drehe mich um, um zu sehen, wie die Stationsbesatzung den hohen Schrei des Weibchens nachspielt und so tut, als würden sie auch in Ohnmacht fallen, so wie sie. Sie finden ihre Reaktion auf mein Erscheinungsbild unglaublich witzig. Sogar Bergelmir kann sich bei ihren Possen ein Grinsen nicht verkneifen.

Aus irgendeinem Grund macht mich das wütend. Ich finde es überhaupt nicht witzig. Wie kann das Transporterpersonal es wagen, sich über mein Menschenweibchen lustig zu machen? Ich blähe meine Brust auf, lasse ein Touchstone-Knurren los und eine schwarze Rauchwolke entweicht aus meinen Nasenlöchern.

Das bringt sie schnell zum Schweigen.

Das Menschenweibchen in meinen Armen seufzt und murmelt und ich ignoriere prompt alle anderen. Sie ist ähnlich geformt wie meine eigene Spezies, was bedeutet, dass ich ihre stämmigen Oberschenkel und üppigen Kurven bemerke. Ein Schimmer von etwas, das man „Haar" nennt, bedeckt ihren Kopf und fällt über ihre gerundeten Ohren. Seltsamerweise hat sie keine Hörner, keine Schuppen, keinen Schweif und keine Krallen und ist farblos, aber das schmälert in keiner Weise ihr liebenswertes, exotisches Aussehen. Vielleicht sollte ich sie zu einem der Sitze tragen, die die Wand säumen, aber aus irgendeinem Grund genieße ich ihr leichtes Gewicht in meinen Armen. Es fühlt sich … richtig an.

Ihre hellen Augen blinzeln auf. Ich merke, dass sie sich daran erinnert, was passiert ist, denn sie quiekt vor Entsetzen, versteift sich in meinen Armen und beginnt, sich von mir wegzustoßen. Ich lasse sie los und helfe ihr, aufzustehen.

Plötzlich fühlen sich meine Arme enttäuschend leer an.

„Riley Anderson?", frage ich noch einmal.

„Ja", keucht sie, „das bin ich."

Ihre Augen sind so strahlend blau, dass ich nicht aufhören kann, sie anzustarren.

„Ich … Das tut mir leid", sagt sie, atmet tief durch und versucht, sich zu beruhigen. „Ich konnte nicht anders." Ihre Augen huschen durch den Raum, nehmen das Aussehen aller anderen Männer und der einen anderen Frau in unserer Nähe auf. Sie wirkt verängstigt.

„Warum haben Sie Angst?", frage ich. „Niemand hier wird Ihnen etwas tun. Sie sind in Sicherheit." Sind alle Menschen so ängstlich?

„Ich, ähm, wusste einfach nicht, was ich erwarten sollte. Sie haben es mir nicht gesagt, bevor ich …" Sie winkt mit der Hand auf die Transporterscheibe, als ob das alles erklären würde, aber ich bin immer noch völlig verwirrt. „Und dann wusste ich nicht, dass Sie ..." – sie deutet mit einer Hand auf mich – „ich wusste nicht, dass Sie so, Sie wissen schon ..."

Nein, ich weiß nicht. „Sind Sie meine neue Nanny?", frage ich, um das Thema zu wechseln. Ich nahm an, die Agentur würde einen älteren, reiferen Menschen schicken. Aber stattdessen ist das jugendliche Wesen vor mir der Inbegriff von Sex-Appeal, als wäre sie genau nach meinen Vorgaben für die perfekte Partnerin geschaffen worden.

Oh, verdammt.

„Ja." Sie stößt einen Atemzug aus. „Ja, das bin ich."

Ich grunze und mein Blick wandert zu ihren üppigen Brüsten hinunter. Schnell bewege ich meine Augen wieder nach oben zu ihrem Gesicht. „Nun, dann sind Sie hier richtig. Ich bin Aegir Touchstone, willkommen auf dem Planeten Tarvos."

Sie schüttelt den Kopf, als wolle sie ihre Gedanken ordnen, und zwingt dann ein Lächeln auf ihre perfekt geschwungenen Lippen. „Danke, Mr. Touchstone, es ist mir eine Freude, Sie kennenzulernen."

Ich mag den leichten Akzent, den sie hat, wenn sie meine Sprache spricht.

„Und ich möchte mich noch einmal für meine Reaktion entschuldigen. Ich fühle mich schon viel besser."

„Nenn mich Aegir", knurre ich und konzentriere mich auf das Gefühl davon, ihren Namen wieder und wieder sagen zu wollen.

„Aegir", wiederholt sie.

Wärme breitet sich in meiner Brust aus.

Und dann stößt mein Bruder hinter mir ein ungeduldiges Grunzen aus und unterbricht meine Tagträume. Ich runzle die Stirn und zeige auf ihn. „Das ist mein Bruder, Bergelmir", informiere ich sie. Dann packe ich den Griff ihres Koffers und lege meine andere Klaue auf ihren Rücken. „Wir sind gekommen, um dich in mein Haus zu bringen, damit du meine Nachkommen kennenlernen kannst", sage ich.

„Oh, okay", antwortet sie mit einer atemlosen Stimme, die meinen Schwanz in meiner Hose sofort anschwellen lässt.

Ich habe noch nie eine derart starke Anziehung zu jemandem gespürt. In den letzten zehn Jahren habe ich mich nur mit zwei verschiedenen Frauen vergnügt, und beide Male war ich betrunken. Seit ich das Militär verlassen habe, lebe ich alleine – und langsam fange ich an zu glauben, dass ich nicht dazu bestimmt bin, eine Partnerin zu finden. Und doch entfacht dieses Weibchen jeden Paarungsinstinkt, den ich scheinbar doch in mir trage. Wie schnell sich die Dinge ändern.

Ich führe sie aus dem Transporterraum, denn ich weiß, dass diese Frau mein Leben auf den Kopf stellen wird. Und doch freue ich mich auf die Herausforderung.

DIE HEIßE NEUE Nanny meines Nachwuchses gleitet auf den Vordersitz meines glänzenden Sportwagens der Serie X. Der Kontrast zwischen ihrer farblosen Haut und dem herben schwarzen Interieur ist faszinierend. Dieses Fahrzeug ist der einzige Luxus, den ich mir gönne, aber ich merke, dass es kaum Platz für drei ausgewachsene Wesen und ihren einen Koffer bietet. Mein Menschenweibchen wird ein größeres Fahrzeug für sich und meinen Nachwuchs brauchen. Ich beschließe, ihr sofort eines zu kaufen.

Riley ist während der Fahrt nach Hause ruhig. Sie verbringt ihre Zeit damit, mit offenem Mund aus dem Fenster zu starren und die vorbeiziehenden Eindrücke der Hauptstadt von Tarvos zu betrachten. Das war auch zu erwarten, da sie absolut nichts über meine Spezies zu wissen scheint.

Währenddessen schweigt mein Bruder auf dem Rücksitz, was auch normal ist.

Ich halte am Einfahrtstor zu unserer Nachbarschaft. Der Wachmann registriert uns und winkt uns dann durch. Ich liebe den Sicherheitsfaktor hier. Die berühmten Paparazzi der vier Sektoren können nicht in meine Privatsphäre eindringen, solange ich inmitten einer so gut gesicherten Nachbarschaft lebe. Die einzigen anderen Wesen mit exklusivem Zutrittsrecht sind meine Mutter und mein Bruder, und wenn sie Gäste mitbringen, rufen die Wachen vorher an, um sich meine Erlaubnis zu holen.

Bald wird auch Riley Anderson auf der Liste stehen.

Ich fahre um den Rand des Sees herum, der in der Mitte der Nachbarschaft angelegt wurde, bis ich schließlich mein Haus erreiche, wo ich das Auto parke. Ich wohne in einem zweistöckigen, neu gebauten Haus mit vier Schlafzimmern und einem eigenen Büro. Ich lebe gerne hier. Zum Glück gibt es keinen Grund umzuziehen, denn selbst mit meinem Nachwuchs und der Nanny ist noch ausreichend Platz für alle.

Wir steigen aus und ich stecke das Fahrzeug an die Ladesteckdose. Dann schnappe ich mir das Gepäck des Weibchens und wir gehen durch das Tor, das die Parkzone mit dem Haus verbindet. In diesem Moment höre ich einen spitzen Schrei.

„Was ist das?", keucht das Weibchen.

„Mutter!", schreit Bergelmir. Er schiebt sich an mir vorbei und stürmt durch das Tor.

Das Weibchen quiekt.

Ich werfe ihr einen Blick zu, um mich zu vergewissern, dass es ihr gut geht, und dann eile ich hinter meinem Bruder her, wobei ich es vermeide, das zerborstene Tor zu berühren.

Im Haus herrscht das reinste Chaos.

Die Couch steht in Flammen.

Der Traq-Tisch ist zertrümmert.

Und von meiner Mutter und den Kindern fehlt jede Spur.

„Mutter?", ruft Bergelmir verzweifelt.

„Kari? Loge?", brülle ich.

„Ich bin hier. Es tut mir leid. Keine Sorge, uns allen geht es gut. Den Babys geht es gut. Ich habe mich nur erschrocken, das ist alles", sagt meine Mutter, während sie sich vom Boden hochstemmt. Sie hat Brandspuren auf ihrer Kleidung.

Meine Sprösslinge liegen mit ihr auf dem Boden. Sie fangen an zu weinen, sobald sie meine Stimme hören, und ich greife nach unten und nehme erst ein Baby hoch, dann das andere. Als ich sie beide in meinen Armen halte, beruhigen sie sich und ich bemerke, dass ihnen beiden der Rauch aus den Nasenlöchern quillt. Meine Sprösslinge sind Zwillinge und beide erst sechs Wochen alt, aber mir wird klar, dass sie bereits gelernt haben, Feuer zu entfachen, und ich bin ungemein stolz. Touchstone-Hyrrokinen sind bekannt für ihr unbändiges Feuerspeien. Mein Nachwuchs wird nicht anders sein. „Gute Babys", lobe ich die beiden.

Bergelmir löscht das Feuer auf der Couch und die Reinigungsroboter kommen, um die kaputten Möbel zu entfernen, die kaputte Tür zu reparieren und die Brandflecken auszubessern.

„Mach dir keine Sorgen", sage ich zu dem Menschenweibchen. „Das passiert immer wieder mal. Wir sind daran gewöhnt."

„Hyrrokinen-Babys speien Feuer?"

„Wir alle speien Feuer."

„Du lieber Himmel", flüstert sie.

Ich trete näher an sie heran. Sie kommt mir auf halbem Weg entgegen und wir sind uns so nahe, dass sie einen Finger ausstreckt, um über Karis seidige Wange zu streichen.

Das Weibchen sieht hoch und wirft mir einen anklagenden Blick zu. „Ich dachte, du hättest *ein* Baby."

„Nein, ich habe Zwillinge. Darf ich dir Kari vorstellen? Und dieser andere Teufelskerl ist mein Sohn, Loge."

Sie kichert und sagt zu den beiden: „Schön, euch beide kennenzulernen."

Meine Brust füllt sich erneut mit Wärme bei ihrem schönen, aufrichtigen Lachen. Ihre stumpfen Zähne sind bezaubernd. „Würdest du gerne ein Baby halten?", frage ich.

„Ja", antwortet sie ohne zu zögern.

Ich lege ihr Kari in die Arme. Mein kostbares Babymädchen gurrt entzückt zu Riley hinauf und ich kann sehen, dass das Weibchen bereits in ihrem Bann steht.

„Aegir?"

„Hmm?", antworte ich abwesend.

„Aegir?" Ich blicke auf und sehe meine Mutter, die abwechselnd mich und mein neues Menschenweibchen anstarrt.

„Oh, Entschuldigung. Riley, das ist Bestla Touchstone, meine Mutter und die Großmutter der Kinder. Mutter, das ist Riley Anderson, die neue Nanny."

„Ich freue mich so sehr, dich kennenzulernen", schwärmt meine Mutter. „Bitte nenn mich Bestla, ich bestehe darauf."

Meine Mutter und Riley beginnen ein zwangloses Gespräch über die Babys, das Feuerspeien und die offensichtliche Notwendigkeit, neue, nicht brennbare Möbel zu kaufen. Ich hebe meinen Kopf und begegne dem Blick meines Bruders. Er lächelt nachsichtig über die beiden plaudernden Frauen. Ich fühle genau dasselbe.

„Wann werde ich ihre Mutter kennenlernen?", fragt das Weibchen unschuldig.

Mein Bruder räuspert sich. Wir alle drei erstarren und starren einander an. Ich atme aus und gestehe der neuen Nanny die beschämende Wahrheit. „Ihre Mutter hat sie verlassen."

„Sie verlassen? Ist sie auf einer Geschäftsreise? Gibt es

eine Möglichkeit, noch mit ihr zu kommunizieren, damit ich mich vorstellen und sie über ihre Fortschritte informieren kann? Ich bin sicher, sie wird wissen wollen, wie es ihnen geht."

Ich schlucke und spüre einen unangenehmen Kloß in meinem Hals. Dann schaue ich hinunter auf Loge, der in meinen Armen gluckst, und hinüber zu Kari, die zufrieden zu Riley hochschaut. Ich hatte nie geplant, meinen Nachwuchs allein aufzuziehen. Ich hatte immer vorgehabt, erst eine Partnerin zu finden und mich dann um Nachwuchs zu bemühen, nicht andersherum. Es tut immer noch weh, daran erinnert zu werden, dass meine Nachkommen keine Mutter haben, die sich um sie kümmern wird. „Ihre Mutter hat sie vor zwei Wochen vor meiner Haustür abgesetzt. Sie kommt nicht zurück."

Rileys Mund klappt auf. Ich kann ihren Schock nachvollziehen. Selbst als ich es sage, fällt es mir immer noch schwer, es zu glauben.

„Es ist wahr", stimmt meine Mutter zu, „ihre leibliche Mutter wird nicht zurückkommen. Aber das ist in Ordnung." Ein Lächeln erhellt ihr Gesicht. „Sie war sowieso keine gute Hyrrokinin. Und jetzt, wo du hier bist, kriegen wir das alles hin."

Ein verwirrter Blick legt sich auf Rileys Züge. Sie blickt zwischen mir und meiner Mutter hin und her und dann durch das Haus. „Warte, das heißt, Aegir hat keine Partnerin? Er ist ein alleinstehender Hyrrokine? Es gibt keine Frau oder Mutter in diesem Haus und du ziehst diese beiden Babys allein auf?"

„Ja, genau so ist es. Ich habe erst kürzlich herausgefunden, dass ich Nachkommen habe, und versuche, sie großzuziehen. Deshalb brauche ich eine Nanny."

„Aber ... aber ich dachte, ich wurde von einem Paar angeheuert, um ihnen mit ihrem einen Baby zu helfen."

Ich starre direkt in ihre großen blauen Augen. „Nein. Da bin nur ich und ich habe zwei Babys. Kannst du damit umgehen?" Wird sie uns hängen lassen und nach Hause zurückreisen?

Riley beißt sich auf ihre volle Lippe. „Es werden nur du, ich und die beiden Babys sein, und wir werden allein in diesem Haus leben? Nur wir vier?"

Sie sieht erschrocken aus bei dieser Erkenntnis. Ich mache ihr keinen Vorwurf. Ich habe selber Angst.

„Ja", stimme ich zu. „Wir vier."

„Okay", haucht sie, „okay."

ZWEI STUNDEN später haben sich meine Zwillinge für ein Nickerchen hingelegt und das Menschenweibchen ist in seinem Zimmer und ruht sich aus. Bergelmir ist zurück zur Arbeit gefahren und meine Mutter packt ihre Sachen und bereitet sich auf ihre Abreise vor. Ich muss zugeben, dass ich schreckliche Angst habe, mit dem Weibchen allein zu sein.

„Ist das ein guter Plan?", grummele ich laut vor mich hin.

„Ach bitte", antwortet Bestla. „Natürlich ist es ein guter Plan, man muss ihr nur eine Chance geben."

„Ich dachte, die Nanny wäre älter." Ich nahm an, ich würde einen Menschen einstellen, der meiner eigenen Mutter ähnelt, eine reife Frau, die sich um die Babys kümmern und mich in ihrer Pflege anleiten würde. Ich hatte mir sogar vorgestellt, dass diese neue Nanny sich schnell mit meiner eigenen Mutter anfreunden würde. Stattdessen wohnt jetzt eine sexy, junge, fickbare Frau in meinem Haus, mit der ich tagein, tagaus zusammenleben werde. Und ich kann sie nicht anfassen, weil sie meine Angestellte ist und ich außerdem aus rechtlicher Sicht keine neue Partnerin haben darf.

„Sie ist jung, aber sie wurde von der besten Arbeitsvermittlung in den vier Sektoren geschickt. Sie sagen, dass sie ihren Job hervorragend macht. Also versuch, über ihr junges Alter hinwegzusehen und dich auf ihre Kenntnisse und Fähigkeiten zu konzentrieren."

„Warum konnten wir nicht eine hyrrokinische Nanny einstellen?"

„Das haben wir schon besprochen. Methone sagt –"

„Methone?" Ich atme tief aus. Meine Mutter ist bekannt dafür, jeden Vorschlag ihrer besten Freundin zu befolgen. „Sie weiß nicht alles."

„Doch, das tut sie. Methone beobachtet alle Trends und sie sagt, die besten Nannys sind Menschen. Menschen sind die besten Betreuer von Kindern und älteren Menschen, weil sie für ihre natürlichen, fürsorglichen Fähigkeiten bekannt sind."

Ich schüttle den Kopf. „Du hast mich großgezogen und ich habe mich auch gut entwickelt."

Meine Mutter lächelt mich nachsichtig an. „Ja, das habe ich. Aber ich kann Kari und Loge nicht meine ungeteilte Aufmerksamkeit schenken. Ich bin beruflich sehr eingespannt und deine Großmutter wohnt auch bei mir. Dein Vater hätte gerne ausgeholfen, wenn er noch hier wäre, aber …" Ihre Stimme bricht. „Er ist eben nicht mehr hier. Wenn du nur ein Baby hättest, bräuchten wir diese Nanny vielleicht nicht, aber weil du zwei Lieblinge hast, ist es an der Zeit, das Handtuch zu werfen und zuzugeben, dass wir Hilfe brauchen."

Ich nicke zustimmend. Ich habe Kari und Loge erst seit zwei Wochen bei mir und wir sind alle bereits erschöpft. Bergelmir, Mutter und sogar Methone haben sich mächtig ins Zeug gelegt, um mich zu entlasten, aber ich mache mir Sorgen, dass die Babys nicht rundum glücklich sind. Sie wirken, als würden ihre Bedürfnisse nicht ausreichend erfüllt, und das bringt sie sehr oft zum Weinen, aber ich kriege es einfach nicht besser hin. Und eine Nanny zu haben bedeutet, dass ich zur Arbeit zurückkehren kann in dem Wissen, dass jemand sich um meinen Nachwuchs kümmert. Mein Geschäft läuft nicht von selbst und der Versuch, zu Randzeiten zu arbeiten, während sie schlafen, war nicht erfolgreich.

Was hält die neue Nanny von mir? Sie ist ein Profi, der hier einen Job macht. Das Vergnügen, ihren Arbeitgeber zu begatten, steht ganz sicher nicht auf ihrer Prioritätenliste. Aber obwohl sie herausgefunden hat, dass sie nicht hier ist, um für ein Elternpaar mit einem Baby zu arbeiten, scheint sie die Dinge in Angriff nehmen zu wollen. Sie ist bereit, es zu versuchen, und wenn sie es ist, dann bin ich es auch.

„Nichts davon ist deine Schuld", erinnert mich meine Mutter. „Aber es ist, wie es ist, und du musst das Beste daraus machen."

Ein Knurren ertönt in meiner Brust.

„Das Beste für deinen Nachwuchs zu tun, bedeutet, eine Nanny einzustellen, die bei dir wohnt. Du kannst dich unmöglich allein um diese beiden Babys kümmern. Ich weiß, du willst nur das Beste für Kari und Loge, und dieser Mensch ist das Beste. Sie scheint bereits eine Bindung zu den beiden aufzubauen."

Sie hat recht, aber wie kann ich mit dieser Frau leben, zu der ich mich hingezogen fühle, wenn ich gesetzlich an eine andere gebunden bin? Ich darf dieses Weibchen nicht anfassen und es wird mich umbringen.

RILEY

*I*ch werfe einen Stapel mit Klamotten auf das Bett, mürrisch und unsicher, ob ich mit dieser ganzen Situation einverstanden bin oder nicht. Ich sagte, ich wäre es, aber ...

Es ist nicht so, wie ich es mir vorgestellt habe.

Ich schäme mich so sehr für meine erste Reaktion auf Aegir. Wie kann er mir je verzeihen, dass ich mich so unprofessionell verhalten habe? Ich habe geschrien und bin ohnmächtig geworden, als wäre mein Boss einem Horrorfilm entsprungen. Erbärmlich. Wenn die Agentur mich nicht so dringend bräuchte, hätten sie mich auf der Stelle feuern sollen. Es ist schon irgendwie einschüchternd, wie viel Vertrauen Aegir, seine Mutter und sein Bruder von Anfang an in mich setzen. Sie denken, ich sei eine Art Profi im Umgang mit Babys, nur weil ich ein Mensch bin.

Außerdem dachte ich, dass ich von einem Paar angefordert wurde, das so beschäftigt und häufig auf Reisen ist, dass sie eine Nanny brauchen. Es hätte gut sein können, dass ich eine von zwei Nannys im Haushalt hätte sein sollen und ältere Kinder hier lebten. Aber stattdessen bin ich die einzige

Nanny, es gibt keine Mutter in diesem Haus und ich werde allein mit Aegir und seinen zwei feuerspeienden Babys arbeiten. Niemand sonst wird uns unterstützen. Keine Köchin, keine Haushälterin, kein Hausmeister, keine andere Familie, niemand *außer uns*. Ich habe noch nie in einer solchen Situation gelebt, so isoliert mit meinem Klienten. Ist das gut oder schlecht? Ich weiß es nicht.

Ich atme aus und rufe mir den Anblick der in Flammen stehenden Couch ins Gedächtnis. In dem Moment, als die beiden Männer wussten, dass ihre Mutter und die Babys nicht in Not waren, haben sie aufgehört, das Feuer als Problem zu betrachten. Bergelmir hat die Flammen mit einem Windstoß aus seinem eigenen Mund ausgepustet und es ist einfach erloschen. Offenbar haben die Babys das Feuer verursacht? Aegir hat die Säuglinge gelobt und so getan, als wäre es keine große Sache.

Ich kann es immer noch nicht glauben. Keiner hat etwas davon gesagt, dass er sich um zwei Babys kümmern muss.

Ich schaffe das. Ich schaffe das. Ich schaffe das.

Feuerspeiende Babys. Keine große Sache, oder?

Ich denke an den dreifachen Bonus, der es mir ermöglichen wird, Chloe finanziell zu unterstützen. Außerdem brauchen diese Babys mich. Aegir braucht tatsächlich meine Hilfe. Er hat seine Babys vor zwei Wochen kennengelernt, als sie von ihrer Mutter, die sie nicht mehr wollte, vor seiner Haustür abgegeben wurden.

Ach, verdammt, natürlich bleibe ich.

Ich nehme meinen unscheinbaren rosa Kittel und meine bequemen blauen Schuhe und lege sie in den hinteren Teil des Schranks. Das war meine Arbeitsuniform in den letzten fünf Jahren. Ich habe mehrere Versionen desselben Outfits für jede neue Stelle gekauft. Aber diesmal ist alles anders. Ich habe meine Haare geschnitten und meine Nägel gemacht. Und plötzlich sind die Klamotten, die ich immer getragen habe, nicht mehr das, was ich für diese spezielle Aufgabe tragen möchte. Ich halte inne, werfe einen Blick zur Tür und fahre dann fort, auszupacken. Ich durchwühle meinen Koffer und hole die paar Sachen heraus, die nicht wie Berufskleidung aussehen. Ich hatte geplant, mir eine komplett neue Garderobe zuzulegen, nachdem ich erst nach Omega 9 gezogen wäre, aber bisher ist das Outfit, das ich heute trage, alles, was ich mir neu angeschafft habe.

Ich suche nach etwas Bequemem zum Anziehen, das meine Kurven zur Geltung bringt. Vielleicht ein bisschen Dekolleté? Ich gehe hinüber und stelle mich vor den großen Spiegel, um zu sehen, wie ich in dem T-Shirt aussehe, das ich gerade anprobiere. Es gefällt mir, wie es meine Brust umschmeichelt und an der Taille enger sitzt. Ja, ich bin mollig, aber ich bin auch stark und gesund und ich habe viel Energie. Mein Gewicht hat mich nie davon abgehalten, erhitzte Blicke auf mich zu ziehen und Angebote für Verabredungen oder eine heiße Nummer zu erhalten. Ich habe nur bisher nie jemanden ermutigt oder auf irgendwelche Gefühle hin gehandelt. Ich war mit meiner Arbeit beschäftigt, immer in dem Wissen, dass jede Anstellung nur vorübergehend war.

Ich beiße mir auf die Lippe, schockiert über meine eigenen Gedanken. Warum mache ich mir plötzlich so viele Gedanken darüber, wie ich bei der Arbeit aussehe? Sauber und adrett ist meine übliche Wahl. Könnte es sein, dass …, dass ich mich zu meinem Chef hingezogen fühle? Hingezogen zu dem Mann, der aussieht wie Satan höchstpersönlich? Zu dem Mann, bei dessen Anblick ich geschrien und schwarzgesehen habe? Himmel, nein.

Ich verlagere mein Gewicht auf meinen Füßen und versuche, die Hitze und Nässe zwischen meinen Schenkeln zu lindern.

Wie unprofessionell kann man nur sein?

Nie, nicht ein einziges Mal, habe ich etwas für einen

meiner Arbeitgeber oder gar für einen Kollegen empfunden. Ich bin von Auftrag zu Auftrag gewandert und habe mit vielen verschiedenen Familien und deren umfassenden Haushaltspersonal gearbeitet, aber nie habe ich Gefühle wie diese gehabt. Freundschaft, ja. Anziehung? Nein.

Aegir sieht so verdammt gruselig aus. Alle Hyrrokinen sehen so aus, mit roter Haut, Krallen mit silbernen Spitzen und glänzend schwarzen Hörnern. Und sie haben alle schwarze Schweife mit Widerhaken, die hinter ihnen durch die Luft peitschen. Und noch dazu speien sie Feuer. Ich werde mich um Babys kümmern, die Feuer speien.

Aber jetzt, schon nach dieser kurzen Zeit, in der ich Aegir im Kreise seiner Familie und mit seinen beiden Neugeborenen gesehen habe, weiß ich, dass das Äußere dieses Mannes nicht zu seinem Inneren passt. Ich bin die Einzige auf diesem Planeten, die sein Äußeres erschreckend findet. Ich habe mitbekommen, wie die Hyrrokinin im Transporterraum Aegir ehrfürchtig angehimmelt und sich diskret Luft zugefächelt hat, als er vorbeiging.

Als ich in Aegirs Armen aufgewacht bin, hatte ich erneut Angst, aber dann habe ich mich beruhigt und erkannt, dass er mich aufgefangen hatte. Er ist mir zu Hilfe geeilt und hat dafür gesorgt, dass ich nicht zu Boden falle. Er hat mich in seinen massiven Armen gehalten. Mich, in einem Oberteil, das meine Arme entblößt. Normalerweise komme ich am ersten Tag eines neuen Auftrags schon in meinem Kittel an. Ich stelle mich den Arbeitgebern vor und treffe meinen Klienten in der Kleidung, in der er mich bei der Arbeit sehen wird. „Zivilkleidung" trage ich nur an meinen freien Tagen, wenn ich mich in meinem eigenen Quartier aufhalte oder wenn ich Zeit mit anderen Hausangestellten verbringe – normalerweise außerhalb des Hauses. Ich habe noch nie mit einem Arbeitgeber interagiert als … ich selbst. Das ist das erste Mal. Ich erinnere mich, wie sein Blick hinunter zu meinem Dekolleté und wieder zurück hinauf gewandert ist und er versucht hat, die Tatsache zu überspielen, dass er mich mustert, aber natürlich ist es mir aufgefallen.

Eine Sache, die mir an diesen Hyrrokinen aufgefallen ist, als wir zu Aegirs Haus gefahren sind – sie sind nicht nur alle rothäutig mit schwarzen Hörnern, Augen, Klauen und Schuppen, mit gespaltenen Zungen und Widerhakenschweifen, sondern sie sind auch sehr stämmig und stark. Selbst Bestla und die anderen Weibchen, die ich auf den Straßen der Stadt herumlaufen gesehen habe, waren dick und kurvig.

Ich bin groß und birnenförmig mit einer schmalen Taille und breiteren Hüften und Hintern. Meine Brüste sind immer ein bisschen zu groß. Mein Gewicht scheint meiner Gesundheit oder Vitalität nie im Weg zu stehen, aber unter dieser Spezies von riesigen, mächtigen Wesen zu sein, dürfte angenehm werden. Neben ihnen wirke ich winzig klein, was eine nette Abwechslung sein wird.

Ich packe meinen Koffer fertig aus und ziehe mir ein langes, bequemes tailliertes lila T-Shirt mit tiefem V-Ausschnitt und ein Paar schwarze Leggings und graue Socken an. Das sollte bequem genug sein, um im Haus herumzuschwirren und mich um die Babys zu kümmern. Ich weiß jetzt schon, dass es sinnlos wäre, mich in ihrem Umfeld schön anzuziehen. Am Ende hätte ich nur Brandflecken auf meinem schönen neuen Outfit.

Ich denke wieder an die Babys, die jetzt in meiner Obhut sind. Ein Junge namens Loge und ein kleines Mädchen namens Kari. Ihr Nachname ist Touchstone. Sie sind winzige Ebenbilder ihres Vaters und ich habe mein Bestes getan, um meine verhaltenen Schreie des Entsetzens über den schwarzen Rauch zu unterdrücken, der aus ihren Nasenlöchern dampfte.

Sollte ich zugeben, dass ich normalerweise in der Geriatrie arbeite? Würde Aegir das so einfach übergehen, wie die Agentur es getan hatte?

Ich atme tief durch, schaue auf die Uhr und nehme mein Tablet in die Hand. Die Babys schlafen noch, also habe ich noch ein bisschen Zeit. Die Weibchen jeder Spezies gebären mit wenig Wissen über die Pflege ihrer eigenen Kinder und lernen es dann mit der Zeit. Wenn sie es können, dann kann ich es auch. Nur, dass ich zwei davon haben werde. Ich beiße mir auf die Lippe. Das wird schwierig werden. Aber ich bin eigentlich ziemlich gut darin, mir Dinge selbst beizubringen. „Autodidaktik" ist meine Spezialität.

Zeit, anzufangen.

Ich hebe mein gläsernes Tablet hoch – das Beste, was die Agentur mir je gegeben hat –, auf dem ich die Informationen der gesamten vier Sektoren zur Hand habe, und lege los. Ich überfliege Bilder und Erklärungen zur Physiologie der Hyrrokinen und stelle fest, dass ich bereits eine Menge über sie weiß von den Fragen, die ich gestellt habe, und von der Fahrt hierher, als ich damit beschäftigt war, die Stadt und die Wesen, die durch die Straßen gingen, zu beobachten. Ich erhalte die Bestätigung für etwas, das ich bereits vermutet hatte – dass Hyrrokinen keine Schuhe tragen und keine Körperbehaarung haben.

Dann verbringe ich etwas Zeit damit, mir ein Video einer Hyrrokinen-Mutter namens Rykeil anzusehen, die ihrem Hyrrokinen-Baby die Windeln wechselt. Ich schätze es sehr, dass sie ihren eigenen Videokanal erstellt hat und sich die Zeit nimmt, dort alle Grundlagen der Säuglingspflege zu zeigen. Sie ist eine tolle Mutter mit haufenweise Videos, die sie von ihrem eigenen Zuhause und ihrem täglichen Leben über alle Aspekte der Babypflege und Ernährung der Kleinen gemacht hat. Volltreffer! Ich lerne von ihr, dass es das Wichtigste ist, ein Baby an eine Fütter- und Schlafroutine zu gewöhnen und dann darauf hinzuarbeiten, dass es die Nacht durchschläft. Außerdem weiß ich jetzt, dass Hyrrokinen-Babys schneller wachsen als Menschenbabys.

Also gut.

Es ist schon komisch, diese Hyrrokinen und ihre Babys sehen für mich mittlerweile nicht mehr annähernd so furchteinflößend aus wie zu Beginn. Nach ein paar Stunden habe ich mich schon an ihre Gesichtszüge gewöhnt. In den Videos stoßen Rykeils Kinder regelmäßig Feuer und Rauch aus und sie kichert und nimmt es gelassen hin, als wäre es nichts. Alle von ihnen zappeln mit ihren Stachelschweifen und grinsen, wobei sie ihre scharfen Reißzähne entblößen, und es ist … überhaupt nicht mehr beängstigend. Sie lobt ihr kleines Mädchen und ermutigt sie, mehr Feuer zu speien. Ich sehe, dass es in ihrer Sammlung viele Videos darüber gibt, wie man einem Baby sicher beibringt, Feuer zu speien, und wie man sein Haus feuerfest macht. Die werde ich mir auf jeden Fall ansehen! Ist es schlimm, dass ich mich dabei ertappe, wie ich denke, dass Kari viel süßer ist als Rykeils Baby? Ich kann nicht anders. Außerdem habe ich einen Screenshot von einem Zeitplan zum Füttern / Schlafen / Spielen gemacht, den Rykeil für ihr Baby verwendet, das ungefähr so alt ist wie die Zwillinge. Ich werde ihren Kanal auf jeden Fall abonnieren, denn das wird sich als nützlich erweisen.

Es stellt sich heraus, dass die Agentur recht hatte (was ich niemals laut zugeben würde) – die Fähigkeiten, die ich in der Geriatrie erlernt habe, *sind* übertragbar. Lebewesen am Anfang und auch am Ende ihres Lebenszyklus brauchen gleichermaßen eine Umgebung, die auf Erfolg ausgerichtet ist. Sie gedeihen mit Routine. Ich muss versuchen, Wünsche und Bedürfnisse zu antizipieren, und mein Bestes tun, um die Tage der Babys interessant und voller Aktivitäten zu gestalten.

Ich lege mein Tablet weg und fühle mich, mit einigen Grundkenntnissen bewaffnet, bereit loszulegen.

Ein Blick auf die Uhr. Oh, oh. Wenn die Babys noch länger schlafen, wird das bestimmt nichts mit einer ruhigen Nacht. Ich muss mit Aegir sprechen und herausfinden, wie ihre Routine im Moment aussieht, damit ich dort weitermachen kann, wo er aufgehört hat.

Ich betrete den Flur und es ist still im Haus. Also mache ich mich auf den Weg nach unten in das Wohnzimmer, wo Aegir auf der Couch schläft. Ich muss beim Anblick dieses grausigen, gehörnten, satanisch aussehenden Mannes lächeln. Er sieht hinreißend aus, wenn er schläft. Ich habe wirklich Glück, dass ich für diesen Mann arbeiten darf. Wenn ich jemandem zugeteilt worden wäre, den ich nicht mag oder der mir ein schlechtes Gefühl gibt, wäre ich hier raus. Der Bonus ist mir nicht *so* wichtig. Und der verdammte Vertrag, den ich unterschrieben habe, hat eine Ausstiegsklausel für diese Art von beängstigender Situation. Das Einzige, was mich hier hält, ist mein eigener freier Wille. Das war mir mein ganzes Leben lang wichtig – *will ich* in dieser Situation sein?

Ich mache ein paar leise Schritte auf ihn zu, um einen besseren Blick auf ihn zu erhaschen. Aegir trägt immer noch kein Oberteil. Die ganze Zeit ist er mit nacktem Oberkörper unterwegs. Sein Bruder, Bergelmir, trägt auch kein Shirt. Tatsächlich hat kein einziger Hyrrokine, den ich bisher gesehen habe, etwas am Oberkörper getragen. Jung, alt, ganz egal. Und ihre Oberkörper sind durch die Bank gut trainiert … und rothäutig.

Ich schaue auf mein eigenes T-Shirt mit den Ärmeln, die bis zu meinen Ellenbogen reichen. Die Fenster sind alle offen, denn das Klima hier ist warm und angenehm. Die Vegetation draußen ist üppig und blumig. Rykeil von den Videos trug ein grünes Schlauchtop mit einer Art Logo darauf. Die Frauen, die ich auf der Straße gesehen habe, trugen auch Variationen dieser Art von Oberteil. Bestla hatte ein schwarzes Schlauchtop an. Bei den Unterteilen habe ich mehr Vielfalt gesehen – Hosen, Röcke und auch Shorts. Aber ihre Arme sind immer unbekleidet. Ich werde mir ein paar dieser Schlauchtops zulegen müssen. Die sehen wirklich super süß und bequem aus.

Aegir ist so groß, dass seine Füße über die Couch hängen. Er ist locker einen Meter achtzig groß, ein kräftiger Mann mit einer breiten Brust. Seine roten Füße sind riesig und weil Hyrrokinen keine Schuhe tragen, kann ich sehen, dass er silberne spitz zulaufende Zehennägel hat. Auch die Krallen an seinen rauen Händen haben silberne Spitzen. Das Ende seines Stachelschweifs ruht auf seinen Oberschenkeln. Während er schläft, pafft Rauch aus seinen Nasenlöchern.

Ich beiße mir auf die Lippe und unterdrücke ein Lachen.

Die Art und Weise, wie er auf der Couch liegt, eine Hand auf seinen festen Bauchmuskeln, die andere seitlich auf der Couch, führt dazu, dass seine Beine aufgeklappt sind und seine dunkle Hose sich perfekt an seinen Schritt schmiegt, was die Konturen seines epischen Spaßpakets hervorhebt.

Wow.

Ist er hart? Es sieht ganz danach aus. Da ist ein langes Rohr, das sich an seinen Oberschenkel drückt.

Wieder strömt Hitze zwischen meine Schenkel. Ich drehe mich um und eile aus dem Zimmer. Während ich die Treppe wieder hochgehe, fächle ich mir Luft ins Gesicht. Vor dem Kinderzimmer bleibe ich stehen und atme tief durch, um einen klaren Kopf zu bekommen. Ich muss meine Gedanken von dem Vater ablenken und mich auf diese Babys konzentrieren. Ich wurde angestellt, um mich um sie zu kümmern, und das werde ich auch tun. Diese armen Babys wurden von ihrer eigenen Mutter verstoßen und ihr Vater braucht dringend Hilfe dabei, sich um sie zu kümmern. Ich schaffe das.

Oh, Mann. Es gehört *nicht* zu meinem Job, meinen Chef scharf zu finden.

Ich öffne die Tür zu dem Kinderzimmer, das die Babys sich teilen. Vorhin habe ich eine Führung durch dieses Zimmer bekommen. Es war ziemlich chaotisch hier drin zugegangen – kleine Feuerbälle flogen durch die Luft, Babytränen wurden vergossen und drei verschiedene Erwachsene haben die Kleinen gedrückt und gekuschelt. Schließlich, endlich, nach viel Weinen und Zureden, waren die Babys zum Schlafen in ihre Bettchen gegangen.

Das müssen wir doch besser hinkriegen.

Ich trete ein und sehe nach den beiden Babys in ihren Bettchen, die beide noch tief und fest schlafen. Auf der Neuen Erde ist es üblich, ein Mädchen in Rosa und einen Jungen in Blau zu kleiden, aber Loge ist grün und Kari lila angezogen. Auch in ihrem Kleiderschrank und in ihrer Kommode ist die Hälfte der Kleidung und des Bettzeugs grün und die andere Hälfte lila. Das gefällt mir, die Farben stehen ihnen gut.

Ich komme näher und starre in ihre kleinen Gesichter. Sie sind zwar Zwillinge, aber ich kann sie bereits auseinanderhalten. Loge hat größere Hörner und er ist länger und kräftiger als seine Schwester. Kari ist kleiner und ihre Hörner sind zierlicher. Ich gehe auf sie zu und berühre eines von Karis Hörnern mit meinem Finger. Es fühlt sich an der Spitze stumpf an. Ich schätze, ich muss mir keine Sorgen machen, dass sie mich damit kratzt. Ich teste auch die Spitzen ihrer winzigen Krallen und auch die scheinen stumpf zu sein.

Ich betrachte sie noch ein Weilchen und bin fasziniert davon, wie verdammt süß Hyrrokinen-Babys sind. Als ich Loge und Kari zum ersten Mal gesehen habe, hat mich die Tatsache, dass sie Feuer speien und Rauch aus ihren winzigen Nasen strömt, erschrocken. Aber jetzt, wo ich sie ansehe, kann ich nur noch daran denken, wie wild und zugleich liebenswert die beiden doch sind. Wie fauchende

Kätzchen. Ich liebe ihre winzigen, rothäutigen Körper. Das Beste daran sind ihre Schwänze, die sogar im Schlaf zucken. Ihre winzigen Outfits haben hinten Löcher, damit ihre dunklen, mit Widerhaken versehenen Schwänze durchpassen.

Ich zwinge mich, mich von den Bettchen zu entfernen, um mich mit ihrem Zimmer vertraut zu machen und mir einzuprägen, wo alles verstaut ist. Ich werde morgen eine Bestandsaufnahme machen und sicherstellen, dass diese Babys alles haben, was sie brauchen. Das mache ich bei allen meinen Aufträgen – ich mache eine Bestandsaufnahme der Dinge, die es gibt, und der Dinge, die benötigt werden. Wenn ich die Umgebung so einrichte, dass sich mein Klient wohl-fühlt, fühle ich mich auch gleich besser. Wie kann ich helfen, wenn ich nicht das habe, was ich brauche oder was sie brau-chen? Ich weiß nicht, was Babys brauchen, aber ich werde es herausfinden.

Ich freue mich darüber, dass hier ein brandneuer Winde-leimer steht – einer von der Sorte, die die entsorgten Windeln sofort verbrennen. Die Mutter auf dem Videokanal hatte genau diese Art von Windelverbrennungsanlage zu Hause. Und das Kinderzimmer scheint gut gesichert zu sein. Überall sehe ich dieses kleine Symbol, dass auf brennfeste Materialien hinweist. Das ist gut. Sieht aus, als wüssten die Hyrrokinen, wie man für Feuer speiende Babys eine sichere Umgebung schafft.

„Brauchst du Hilfe?", fragt eine tiefe Stimme.

Ich drehe mich um und Aegir steht mit seinem nackten Oberkörper direkt hinter mir. Oh Gott, wie soll ich mit diesem Mann in meiner Nähe leben, wenn er sich nichts anzieht? Er trägt ja nicht einmal Schuhe. Wird er die ganze Zeit so herumlaufen, nur mit dieser Hose bekleidet?

Und er riecht fantastisch.

Beide Babys fangen gleichzeitig an zu weinen.

„Tut mir leid. Das ist meine Stimme", erklärt er. „Damit wecke ich sie jedes Mal auf."

Ich lache und gehe hinüber, um Kari hochzunehmen. „Das ist okay, sie müssen jetzt sowieso aufwachen. Oh nein", sage ich und merke, dass ihre Windel ganz nass und schwer ist. „Die ist nicht mehr ganz frisch. Die Kleine muss gewickelt werden."

Aegir hebt Loge auf. „Der hier auch. Ich wickle ihn. Du übernimmst Kari."

„Okay."

Ich wirble herum und versuche herauszufinden, wohin ich gehen soll. Schließlich folge ich Aegir zu den nebeneinander platzierten Wickeltischen, die unter einem großen Fenster aufgebaut sind. Ich lege Kari auf den Tisch mit den violetten Verzierungen am Rand. Das ist buchstäblich das erste Mal in meinem Leben, dass ich eine Windel wechsle. Nicht, dass ich Aegir das erzählen würde, obwohl ich vermute, dass Baby-Kari weiß, dass sie von einem Amateur sauber gemacht wird. Sie ist ein wenig unruhig, während ihr Bruder ganz ruhig ist und an einem Finger nuckelt, während sein Papa mit dem gelangweilten Blick eines Profis schnell die Windel wechselt. Wenn Aegir nicht gerade hier wäre, würde ich mein Tablet herausziehen und das Video der Hyrrokinen-Mutter, die ihr Baby wickelt, noch einmal abspielen. Ein wenig tollpatschig schaffe ich es letztendlich und rufe mir dabei ins Gedächtnis, was Rykeil in dem Video gesagt hat, während ich beobachte, was Aegir tut.

„Du bist wirklich gut darin", sage ich zu ihm.

„Danke", antwortet er unwirsch. „Ich hatte noch nie Kontakt mit einem Baby und habe noch nie eines gewickelt, bevor ich meinen Nachwuchs kennengelernt habe."

Ich auch nicht, denke ich. „Du bist schon jetzt ein Profi."

„Ich schätze, das bin ich", gluckst er. „Ich musste es sein. Ich hatte die Wahl, es zu lernen, oder sie leiden zu lassen."

Ich kann mir nicht vorstellen, dass dieser Mann seine Babys jemals leiden lassen würde.

„Ich muss lernen, das auch allein zu schaffen", sage ich. „Ich muss in der Lage sein, mich ohne Hilfe um die beiden zu kümmern. Es ist sicher schlauer, zuerst ihre Fläschchen zu machen und sie mit reinzubringen, wenn ich sie aus ihrem Mittagsschlaf aufwecke", sage ich nachdenklich. „So kann ich Kari ein Fläschchen geben, während ich Loge wickle, und umgekehrt."

„Oh, das ist eine gute Idee."

Wir tragen jeder ein Baby auf dem Arm und gehen die Treppe hinunter in die Küche. Aegir zeigt mir, wo er das Milchpulver aufbewahrt und wie man es zubereitet. Die Küche ist groß und geräumig. Ich habe gelernt, dass sich die Küchen der verschiedenen Spezies in den vier Sektoren nicht allzu sehr voneinander unterscheiden. Die Geschmäcker sind verschieden, aber die modernen Annehmlichkeiten sind die gleichen. In Aegirs Haus gibt es überall große Fenster und sogar Oberlichter. Ich schaue zu zwei Fenstern hinüber, die offenstehen, ohne Fliegengitter, um Ungeziefer fernzuhalten. Was für Ungeziefer gibt es auf diesem Planeten? Ich erschaudere bei dem Gedanken.

Schließlich sind zwei Flaschen gemacht und wir landen auf gegenüberliegenden Sofas im Wohnzimmer, beide mit einem Baby im Arm, das wir füttern. Es fällt mir nicht schwer. Im Grunde stecke ich die Flasche nur sanft in Karis Mund und sie macht die ganze Arbeit. Ich lehne mich auf der Couch zurück und wir plaudern über die Babys. Es ist schön, seiner tiefen, melodiösen Stimme zu lauschen, wenn er von seinem Leben mit den Säuglingen erzählt.

„Ich sehe, dass Kari geduldiger und Loge aktiver ist", sage ich.

„Wirklich? Du kannst jetzt schon einen Unterschied in ihren Persönlichkeiten feststellen?"

„Ja."

Er öffnet sich mir und erzählt mir jedes Detail darüber, wie es ihm in den letzten zwei Wochen ergangen ist. Er spricht über all die Strapazen, die es mit sich bringt, einem alleinstehenden Mann mit null Babykenntnissen und einem Haus ohne Babyutensilien zwei winzige Säuglinge zu überlassen. Ich habe das Gefühl, dass dieser Mann dankbar ist, abgesehen von seinem Bruder und seiner Mutter noch jemanden zu haben, mit dem er darüber reden kann. Ich kann dieses Wesen für ihn sein. Er hat es verdient.

„Ich möchte mich noch einmal bei dir dafür entschuldigen, wie ich mich bei unserem ersten Kennenlernen verhalten habe", sage ich schließlich. „Es war lächerlich und unprofessionell. Es tut mir so leid. Ich habe geschrien und bin in Ohnmacht gefallen und du musstest …"

„Ich habe dich aufgefangen."

„Ja, du hast mich davor bewahrt, auf den Boden zu stürzen. Dafür danke ich dir. Ich möchte, dass du weißt, dass ich noch nie in meinem Leben bewusstlos war. Ich hatte ja keine Ahnung, dass ich so reagieren würde."

„Ich verstehe immer noch nicht, warum du Angst hattest."

Die Hitze steigt mir ins Gesicht. Ich kann Aegir nicht sagen, dass er wie der Teufel höchstselbst aussieht. Das kann ich einfach nicht. „Ich weiß auch nicht, warum", lüge ich. „Vielleicht ist der Luftdruck hier anders?"

Er zuckt mit den Schultern und ich wechsle schnell das Thema.

Die Stunden vergehen wie im Flug. Er führt mich durch das ganze Haus und wir gehen alle Babyartikel, Geräte und Kleider durch, damit ich weiß, wo alles ist. „Morgen sehe ich mir an, was zu besorgen ist", sage ich. „Ich werde das alles für dich übernehmen. Du musst dich nicht darum kümmern, dass die Babys alles haben, was sie brauchen."

„Okay, und ich gebe dir Zugang zu meinem Hyrrokinen-

Konto, damit du bestellen kannst, was wir deiner Meinung nach brauchen."

„Danke."

Irgendwann fällt mir auf, dass es spät wird, und ich nehme an, dass Aegir nichts dagegen hätte, mich loszuwerden. Wir haben tatsächlich eine Menge Zeit miteinander verbracht. Ich versuche immer peinlichst genau darauf zu achten, dass meine Klienten genug Zeit mit sich selbst verbringen können.

„Wo willst du hin?", knurrt er.

„In mein Zimmer. Ich wollte dir Zeit allein mit deinen Kindern geben. Wann soll ich zurückkommen, um sie ins Bett zu bringen?"

„Zeit allein?", antwortet er, als wäre es das seltsamste Konzept, das ihm je in den Sinn gekommen ist.

„Ja. Ich möchte deine Zeit mit deinen Kindern nicht stören."

„Bleib und iss mit uns", befiehlt er.

„Ich …"

„Setz dich."

Oh, Mann. Na gut. Wenn er mit dieser dröhnenden Stimme spricht und dieser Rauch aus seinen Nasenlöchern weht, wie kann ich da widerstehen?

Am Ende benutzen wir seinen teuren, hochwertigen Lebensmittelautomaten, um eine erstaunliche Mahlzeit zu zaubern, und essen gemeinsam zu Abend. Ich habe Kari auf dem Schoß und er einen glücklichen Loge, der an einem abgenagten Tierknochen von dem Stück Fleisch lutscht, das Aegir gerade genießt.

Ich plaudere mit meinem neuen Chef über seine Welt und versuche, so viel wie möglich über seine Spezies zu erfahren. Ich lerne mehr darüber, wie die Hyrrokinen Feuer speien. Er erklärt mir, dass seine Kinder zwar die Couch angezündet haben, aber nur, weil es ihre erste Flamme war. Und sie waren zu zweit, sodass seine Mutter unvorbereitet gewesen war. Aber dass es normalerweise nicht viele Flammen von seinen Babys geben sollte. Größtenteils sind Babys „Paffer". Die schlimmste Zeit, sagt er, ist, wenn Hyrrokinen ins Teenager-Alter kommen. Dann entwickeln sich ihre Fähigkeiten, Feuer zu speien, vollständig, aber sie haben nicht die Kontrolle eines Erwachsenen.

Ich wische mir die Tränen von meinem Lachanfall aus dem Gesicht, nachdem Aegir mir die lustigste Geschichte darüber erzählt hat, wie er und Bergelmir den „Frauen-Schuppen" ihrer Mutter abgefackelt haben, als sie Teenager waren. Ich sollte nicht lachen, weil ich mir sicher bin, dass Bestla total sauer war, aber trotzdem ist es urkomisch.

„Kann ich dich um einen Gefallen bitten?", sage ich zu ihm.

„Ja."

„Kann ich morgen einen ganzen Tag mit dir verbringen und neben dir mit den Babys arbeiten? Ich bin mir sicher, dass ich es danach auch allein schaffen kann. Aber ich wäre dankbar für einen ganzen Tag, um ihren Zeitplan kennenzulernen."

„Zeitplan?"

„Ja." Ich sehe mich in der Küche und im Wohnbereich um. „Hast du einen Fütterungs- und Schlafplan für die Babys?"

„Zeitplan?", fragt er wieder, als hätte er dieses Wort noch nie im Zusammenhang mit einem Baby gehört. „Nein, hauptsächlich haben wir mit der Hilfe meiner Mutter oder meines Bruders versucht, ihren Bedürfnissen gerecht zu werden."

Ich kann das ängstliche Staunen nicht verbergen, das über mein Gesicht huscht. Wenn ich keinen Zeitplan habe, bekomme ich buchstäblich Bammel. „Für mich sind Zeitpläne ein Segen", sage ich. „Bei den Babys ist das genau gleich."

Er zieht eine Augenbraue hoch, zuckt aber zustimmend mit den Schultern. „Genau deshalb brauche ich dich", sagt er.

„Nun, wenn du keinen festen Zeitplan hast, brauchst du morgen wohl nicht von der Arbeit zu Hause zu bleiben. Dann nehme ich es, wie es kommt, und werde versuchen, meinen eigenen Zeitplan umzusetzen."

„Oh, ich verlasse das Haus nicht, um zur Arbeit zu gehen", erzählt er mir. „Ich habe mir ein Home-Office in einem der Gästezimmer im Obergeschoss eingerichtet."

Ich blinzle ihn an. „Wirklich?"

„Ja. Ich arbeite von zu Hause aus."

„Du bist nicht nur ein alleinstehender Mann mit Zwillingen, sondern arbeitest auch von zu Hause aus und gehst nie raus?"

Seine schwarzen Lippen heben sich an den Mundwinkeln und entblößen die Spitzen seiner scharfen Reißzähne. „Ja", stimmt er zu. „Ich verlasse das Haus so gut wie nie, außer zum Sport, um Dinge einzukaufen, die ich nicht geliefert bekomme, oder um Termine wahrzunehmen. Ich werde immer hier sein."

Heiliger Bimbam.

RILEY

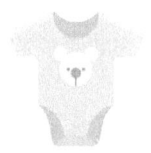

„Guten Morgen!", ruft eine angenehme Stimme.

„Hallo", antworte ich mit aufrichtiger Herzlichkeit, als ich Aegirs Mutter an ihrem Klang erkenne, als sie das Haus betritt. „Wir sind in der Küche."

Ich bereite die Morgenfläschchen für Kari und Loge vor. Sie glucksen und lächeln, aber so wie Loge sich seine Faust in den Mund stopft und seine winzigen Füße strampeln, habe ich das Gefühl, dass ich nur noch wenige Minuten Zeit habe, bevor ich mit einem Aufstand rechnen muss.

Ich bin ein bisschen stolz darauf, dass ich es heute Morgen ins Kinderzimmer geschafft habe, bevor sie aufgewacht sind. Ich habe mein Tablet zu einem Babyfon umfunktioniert, das mir sagt, ob sie aufwachen und mitten in der Nacht gefüttert werden müssen, aber alles war ruhig. Aegir ist mit verschlafenen Augen ins Kinderzimmer gestolpert, nachdem ich bereits beide Babys gewickelt und angezogen hatte, und hat in seiner grünen Pyjamahose herrlich zerknittert ausgesehen.

„Ich habe alles im Griff", habe ich nur gesagt.

Daraufhin hat er mich mit einem Blick von so tiefer

Dankbarkeit angestarrt, dass mir fast die Tränen gekommen wären. Dann hat er genickt und ist zurück in sein eigenes Zimmer geschlurft. Ich habe die Babys hinunter in die Küche getragen, als seine Dusche in der Ferne zu rumpeln begann.

Die Hyrrokinen-„Kaffeemaschine" brodelt, obwohl sie eigentlich etwas herstellt, das sich Traq nennt, was, wie ich im Laufe der Jahre festgestellt habe, auch viele andere Wesen in den vier Sektoren gerne trinken. Deshalb habe ich den Lebensmittelautomaten bereits so programmiert, dass er ein paar leckere Kaffeebohnen von der Neuen Erde ausspuckt. Traq ist okay, aber er kann nicht mit frisch gemahlenem und gebrühtem Kaffee verglichen werden.

„Hallo, Riley", grüßt Bestla mich, als sie die Küche betritt. Sie legt mir eine tröstende Klaue auf die Schulter, bevor ihre Augen beim Anblick der beiden Wesen aufleuchten, wegen denen sie eigentlich hier ist. „Meine Babys!", quietscht sie und eilt hinüber zu den beiden, die auf zwei identischen Babywippen liegen.

Ich lächle über die bezaubernde Art und Weise, wie Bestla in die Hocke geht und ihnen jeweils einen liebevollen Oma-Kuss gibt. Die beiden Babys lächeln und gurren im Gegenzug. Diese kräftige rothäutige Frau ohne Haare auf dem Kopf, mit zwei schwarzen Hörnern auf der Stirn, Reißzähnen, silberbestückten Krallen und einem zuckenden schwarzen Stachelschweif *liebt* ihre Enkelkinder. Ich mochte sie gestern auf Anhieb, als sie mir gegenüber so herzlich und aufrichtig war und den ganzen Ärger locker weggesteckt hat, als die Babys die Couch in Brand gesetzt haben. Jetzt sehe ich, dass meine Instinkte richtig waren.

„Willst du eine Tasse Traq?", frage ich sie. „Er ist fertig."

Überraschend schnell steht sie wieder auf und streckt eine Klaue aus. „Klar, ich hätte gerne noch eine Tasse."

Ich fülle sofort einen Becher und reiche ihn ihr.

Sie wirft einen Blick auf die Veränderungen, die ich in

der Küche bereits vorgenommen habe. „Wow, du scheinst dich schon eingelebt zu haben", sagt sie.

„Danke. Gestern Abend hat mich Aegir herumgeführt und mir gezeigt, wo ich die Dinge finden kann, die ich brauche. Bisher habe ich nur den Tresen umorganisiert, damit ich sie leichter erreichen kann."

„Und wie war deine erste Nacht, in der du zwei Babys versorgen musstest?", fragt sie. „Ich war bisher hier und weiß, wie hart es sein kann."

Und während ich antworte und ihr alles erzähle, angefangen von Wickeln über die Fläschchen, die sie getrunken haben, bis hin zu ihrem Schlaf, fällt mir auf, dass sie heute ein wogendes blaues Schlauchtop aus einem schicken Material trägt, zusammen mit einer schwarzen Hose und funkelndem Schmuck. Sie sieht sehr professionell aus. Dass sie weder Schuhe trägt, noch Haare auf ihrem Kopf hat, verwirrt mich immer noch, aber langsam gewöhne ich mich auch daran.

„Bist du auf dem Weg irgendwohin?", frage ich.

„Ja, ich bin auf dem Weg zur Arbeit, aber ich dachte, ich schaue vorher hier vorbei, um zu sehen, wie es dir geht und ob du Hilfe brauchst und … wo ist Aegir?"

„Aegir? Oh, er macht sich fertig. Ich glaube, er benutzt die Dusche?"

„Gut." Sie nimmt einen Schluck und setzt sich auf den Stuhl, der den Babys am nächsten ist. „Das wird ein Weilchen dauern. In der Zwischenzeit haben wir Zeit, uns allein zu unterhalten. Sag, hat mein Sohn dir die ganze Geschichte über das Weibchen erzählt, das seine Nachkommen zur Welt gebracht hat?"

„Nicht wirklich", antworte ich vorsichtig, während ich zwei warme Fläschchen mit Milchnahrung an den Tisch bringe. „Er hat mir nur ein paar Dinge erzählt, als ich angekommen bin, aber mehr nicht …" Und ich bin so unfassbar

neugierig. „Willst du mir helfen, Kari und Loge zu füttern?",
frage ich.

„Sicher."

Ich werfe Bestla ein Handtuch zu, das sie gekonnt
auffängt und über ihre Brust drapiert. Dann hebt sie Kari
auf, die näher bei ihr ist, und ich lasse mich mit Loge auf
einem gegenüberliegenden Stuhl nieder. Jeder von uns hat
jetzt ein Baby zum Füttern im Arm, eine Tasse Traq steht
bereit und wir haben Zeit zu plaudern.

„Hmm." Sie sieht sich um und vergewissert sich, dass wir
allein in der Küche sind, bevor sie zu erzählen beginnt. „Nun,
ich denke, du solltest die ganze Geschichte hören."

„Okay", stimme ich zu, denn das finde ich auch.

„Der Name der Mutter der Babys ist Kritan Softstone. Sie
hat meinen Sohn durch sein Geschäft kennengelernt. Aegir
hatte vor einem Jahr ein Date mit ihr. Ein einziges Date. Es
war wirklich ungewöhnlich, dass er überhaupt mit ihr
ausging, denn in den letzten fünf Jahren war mein Sohn im
Grunde ein Einsiedler, arbeitete an seinem Geschäft und das
wars. Er verabredet sich nicht. Und nach diesem einen Date
entschied er sofort, dass sie nicht die Art von Hyrrokinin
war, mit der er eine Beziehung führen wollte. Er beendete
die Sache zu Kritan. Aber sie war damit nicht einverstanden
und wurde zur Stalkerin. Er musste eine einstweilige Verfügung erwirken. Es war schrecklich. Und während der ganzen
Zeit hat sie nicht ein einziges Mal erwähnt, dass sie
schwanger war. Fast ein Jahr lang hatte er keinen Kontakt
mit Kritan. Er war dankbar, dass sie offenbar über ihn
hinweg gekommen war. Aber stattdessen war sie tatsächlich
schwanger mit den Zwillingen und verheimlichte es vor
ihm."

„Sie hat es ihm verheimlicht? Warum sollte sie das tun?"

„Ich glaube, es liegt daran, dass sie ihre Freiheit wollte.
Wenn sie es ihm vor der Geburt gesagt hätte, hätte er sie

immer noch nicht gewollt, aber seine Babys schon. Da sie mit seinen Zwillingen schwanger war, hätte er gewisse Ansprüche gestellt, sie aber dennoch nicht zu seiner offiziellen Partnerin erklärt."

„Hmm. Also war sie ein ganzes Jahr lang weg und dann taucht sie auf und setzt ihm die Zwillinge vor die Nase?"

„Ja. Und jetzt klagt sie ihr Recht ein, zu seiner Partnerin erklärt zu werden."

„Was?", stottere ich.

„Kritan sagt, weil sie seinen Nachwuchs zur Welt gebracht hat, sei sie an ihn gebunden, was bei unserer Spezies wirklich so ist. Wenn eine Frau den Nachwuchs eines Mannes gebärt, ist sie rechtlich mit ihm verbunden."

„Aber was ist, wenn mehr als eine Frau von ihm schwanger wird? Was ist, wenn er zwei Kinder von einer Frau hat und ein paar von einer anderen?"

Bestla wirft mir einen abschätzenden Blick zu. „Nun, das kommt vor, wenn auch selten, und es ist eine schreckliche, unschöne Sache. Aber keine Sorge, diese Anschuldigung wird gerade von den Gerichten bearbeitet. Es sollte bald ein Urteil geben. Ich bin mir sicher, dass Aegir freigesprochen wird. Sie hat ihn hinters Licht geführt, damit er sie schwängert, und dann hat sie ihre Kinder verstoßen. Sie ist weder eine Mutter noch eine Partnerin. Aegir muss die Freiheit haben, eine passende Partnerin für sich und seinen Nachwuchs zu finden."

„Nun, *ich* mache mir auch keine Sorgen. Meine Sorge gilt einzig und allein Aegir und den Babys."

„Aha. Nun, im Moment ist mein Sohn rechtlich in der Schwebe und kann sich keine andere Partnerin nehmen. Aber in dem Moment, in dem er freigesprochen ist, kann er sich daran machen, eine Partnerin und eine richtige Mutter für seine Babys zu finden."

Der Gedanke, dass Aegir frei ist und sich wieder mit

potenziellen Partnerinnen verabreden kann, versetzt mir einen Stich mitten ins Herz. Ich stelle mir vor, in meinem Zimmer zu sein, während er sich auf ein Date vorbereitet. Ich rufe mir in Erinnerung, dass ich hier nur arbeite, dass ich die Nanny bin, die angeheuerte Haushaltshilfe und nichts weiter. Aber es ist schwierig.

„Hier auf Tarvos begehen wir keinen Ehebruch", verkündet Bestla.

„Was?"

„Ich habe das kürzlich recherchiert. Ich habe versucht, mehr über deine Spezies zu erfahren, über die Menschen. Ich habe gelesen, dass, wenn Menschen sich paaren oder heiraten, der Partner sich oft mit einer anderen vergnügt und sich außerhalb seiner Ehe paart. Das nennt man dann Ehebruch? Das tun wir hier auf Tarvos nicht. Sobald wir uns an einen Partner binden oder wenn es auch nur den Hauch einer Bindung gibt, praktizieren Hyrrokinen keinen Sex mehr außerhalb dieser Bindung."

„Oh, okay, danke, dass du mir das erklärt hast", antworte ich, meine Wangen heiß vor Verlegenheit. Offenbar hat Bestla nicht bemerkt, dass ich das gar nicht so genau wissen wollte.

„Aegir sagte mir, dass Kritan behauptet hat, sie würde die Pille nehmen. Außerdem hat er selbst auch verhütet. Er vermutet jetzt, dass sie die Verhütung manipuliert hat."

Das wird ja immer schlimmer. „Also hat sie ihn ausgetrickst, damit er sie schwängert?"

„Ja."

„Und dann wurde sie mit Zwillingen schwanger? Wow. Und er hat es nicht gewusst?"

„Nein. Sie hat ihm bis nach der Geburt nichts davon erzählt. Sie wollte erst sichergehen, dass sie gesunde Babys zur Welt bringt, bevor sie ihn damit überrascht. Aber es muss zu viel für sie geworden sein. Sie hat diese Kinder nicht bekommen, weil sie Mutter werden wollte, sondern weil sie Aegir will."

„Wirklich?"

Bestla schenkt mir ein nachsichtiges Lächeln. „Ja. Mein Sohn ist eine gute Partie für ein Weibchen."

Ach ja. Aegir hat viel Geld, das hatte ich vergessen. Ich wurde schon von vielen wohlhabenden Wesen angeheuert und Aegir und seine Familie sind sicher die entspanntesten von allen. Er fährt ein wirklich schickes Auto und lebt in einer Art exklusiver Nachbarschaft mit Sicherheitspersonal, aber ich bin es gewohnt, für so extrem wohlhabende Wesen zu arbeiten, sodass Aegirs Lebensstil für mich schon fast normal ist. Normalerweise sind die Grenzen der Zusammenarbeit mit meinem Arbeitgeber sehr klar definiert. Ich komme dem Klienten, den ich betreue, nahe, oder in diesem Fall den Babys, um die ich mich kümmere, aber ich bin immer freundlich, wenn nicht sogar ein bisschen distanziert zu dem Wesen, das tatsächlich meine Rechnungen bezahlt.

Aber Aegir ist anders. Ich fühle mich so wohl in seiner Nähe. Ein Mann mit glänzender roter Haut, einem Widerhakenschweif, Hörnern, Reißzähnen und Krallen? Und einer, von dem ich vermute, dass sein Schwanz proportional im Verhältnis zum Rest seines Körpers steht.

Meine Wangen werden wieder heiß und ich wende meinen Blick ab, um Bestlas Blick auszuweichen, denn ich kann nicht glauben, dass ich schon wieder vom Schwanz meines Chefs träume.

„Guten Morgen, Mutter", verkündet Aegir, als er in die geräumige Küche schreitet.

BESTLA FÄHRT zur Arbeit und Aegir und ich sind wieder allein mit den Zwillingen.

Der große, muskulöse, halb nackte Aegir Touchstone.

51

Sauber und nach Seife und Sonnenschein duftend, mit seiner breiten Brust und den straffen Bauchmuskeln, die er zur Schau stellt. Je länger ich in seiner Nähe bin, desto mehr fällt mir auf, dass seine Haut nicht gruselig-rot ist, sondern eher einem dunklen Magenta-Rot ähnelt. Und seine durchtrainierten, muskulösen Arme sind im Grunde Kunstwerke. Die glänzenden schwarzen Hörner auf seinem Kopf sind mittlerweile auch weniger furchteinflößend. Aber ich muss zugeben, dass mir der Stachelschweif immer noch ein wenig Angst macht. Alle Hyrrokinen tragen Kleidung, die hinten eine Aussparung für den Schweif hat. Seine Hosen werden vorne und hinten geknöpft. Und ich frage mich plötzlich, wie sie es schaffen, die Rückseite zuzuknöpfen ...

Aegir lässt sich mit seiner großen Gestalt auf einem Platz am Küchentisch nieder und macht sich über einen Teller Fleisch her, das er mit seinen glänzenden, fast metallisch aussehenden Krallen zerkleinert und mit bloßen Händen isst. Loge entspannt sich neben ihm in seiner Wippe und ich halte Kari in meinen Armen und spiele mit ihren perfekten kleinen Füßen, während ich Pfannkuchen mit Speck esse. Kari trägt das süßeste Paar lavendelfarbene Söckchen mit kleinen Schleifen obendrauf. Und ich freue mich riesig, dass ich den Hyrrokinen-Lebensmittelautomaten so programmieren konnte, dass er menschliches Essen zubereitet. Mein Frühstück ist köstlich.

Und dann fällt mir etwas wirklich Wichtiges ein. Ich schaue auf.

Aegir verlässt nicht wie die meisten Wesen das Haus, geht zur Arbeit und kehrt zur Essenszeit zurück. Wird er mit uns zu Mittag essen? Wie soll das funktionieren?

„Wie soll das funktionieren?", frage ich ihn.

Aegir verschluckt sich an einem Bissen seines Frühstücks. „Ich verstehe deine Frage nicht."

Ich fuchtle mit einer Gabel herum. „Du, ich, die Babys,

während du von zu Hause aus arbeitest. Wie soll das denn funktionieren? Wirst du auch mit uns zu Mittag essen?"

Er scheint es sich zu überlegen. „Ich kann mit euch zu Mittag essen. Das würde mir gefallen. Ich genieße das, mit euch gemeinsam zu frühstücken. Ich habe in den letzten zwei Wochen kaum arbeiten können, also werde ich jetzt viel arbeiten und versuchen, alles nachzuholen. Ich weiß es zu schätzen, dass du heute Morgen schon die Betreuung der Babys übernommen hast. Vielen Dank."

Ich ziehe den Kopf ein und verberge mein Lächeln. „Gern geschehen." Ich zucke mit den Schultern. „Aber es ist mein Job. Natürlich werde ich morgens als Erste da sein und auch spät in der Nacht, damit du schlafen und arbeiten kannst, wenn du müde bist."

„Dein Job", murmelt er vor sich hin. Ein nachdenklicher Blick legt sich auf seine Züge und aus irgendeinem seltsamen Grund fühle ich mich schlecht wegen der Art und Weise, wie ich geantwortet habe. Schlecht wofür? Sollte er nicht froh sein, dass die Nanny, die er eingestellt hat, das tut, was sie tun soll?

„Ich werde jeden Morgen hier sein, um mit dir und Kari und Loge zu frühstücken", fährt er fort. „Ich werde auch aufhören zu arbeiten, um mit euch zu Mittag zu essen, und wir werden auch jeden Abend zusammen zu Abend essen. Danach höre ich auf zu arbeiten und verbringe Zeit mit dir und den Babys. Ich werde dir helfen, sie zu waschen und zu wickeln, sie zu füttern und sie schließlich ins Bett zu bringen."

„Oh, okay." Wow, mit so viel Hilfe hatte ich nicht gerechnet. Oder dass ich ihn überhaupt so oft sehe.

Kari strampelt mit ihren winzigen Beinchen und ich beuge mich impulsiv hinunter und küsse einen ihrer süßen kleinen Füße. Ich schaue wieder hoch und sehe, wie Aegir mich mit einem hitzigen Blick anstarrt, der auf meine Brust fällt und dann wieder zu meinem Gesicht wandert.

Ich halte den Atem an, weil es sich plötzlich so anfühlt, als ob eine Million Schmetterlinge in meinem Bauch flattern würden.

Er atmet aus und wendet sich dann schweigend wieder seinem Essen zu.

Wow. Einfach ... wow. Fühlt Aegir sich auf dieselbe Weise zu mir hingezogen, wie ich mich zu ihm?

Nein. Auf keinen Fall. Ich bin nicht gerade ein Hyrrokinen-Häschen. Ich bin ein Mensch und seine Angestellte.

Schließlich sind wir beide mit dem Essen fertig und Aegir verkündet, dass er nach oben geht. Er nimmt beide Babys in den Arm und gibt ihnen zum Abschied einen Kuss. Ich glaube, meine Eierstöcke explodieren gleich.

„Warte, warte. Ich muss ein Foto machen", sage ich.

Er zuckt mit den Schultern. Ich schnappe mir mein Tablet und mache schnell ein paar Fotos von Aegir, wie er seine Babys in den Armen hält, die beide mit einem strahlenden Lächeln auf ihren kleinen, roten Gesichtern zu ihm hochschauen. Dann hebt er seinen königlichen Kopf und stößt eine grelle Flamme aus und die beiden Babys machen es ihrem Vater nach, indem sie ihre Münder öffnen und gleichzeitig winzige Flämmchen speien. Alle drei werden gleichzeitig von den orangefarbenen und gelben Flammen erleuchtet. Es ist so verdammt niedlich, dass ich auch das fotografieren muss.

Beinahe wünsche ich mir, ich könnte selbst Feuer speien. Beinahe.

Ich mache tonnenweise Fotos, lösche die schlechten und behalte die wenigen, die gelungen sind. Ich zeige sie Aegir und er ist zufrieden.

„Das hier sollten wir einrahmen", sage ich zu ihm.

Es ist so süß, wie verlegen er dabei wird.

„Kann ich das Foto deiner Familie zeigen und ein Foto von den Babys auch an meine beste Freundin schicken? Sie würde sich freuen."

„Ja", stimmt er zu.

Dann geht Aegir nach oben, um mit der Arbeit zu beginnen, und ich setze die Babys auf zwei identische Spielmatten auf dem Wohnzimmerboden. Ich setze mich neben sie und schicke ein Foto, das ich vorhin von den Zwillingen gemacht habe, an meine beste Freundin, weil ich weiß, dass sie Babys liebt. Sie antwortet sofort.

OMG, wo hast du diese süßen Babys denn gefunden?

Ich bin jetzt eine Nanny.

Nanny? Ich dachte, du wärst drauf und dran, deine Leibeigenschaft zu beenden und dir ernsthaft eine Karriere in der Altenpflege aufzubauen. Was ist passiert?

Ich weiß! Ich erzähle dir heute Abend mehr.

Okay, ich will die ganze Geschichte hören!

Ich kann nicht glauben, dass ich so beschäftigt war, dass ich nicht mal Chloe erzählt habe, was passiert ist. Verrückt. Ich erzähle Chloe immer alles.

Ich schicke das Bild von Aegir und seinen Feuer speienden Zwillingen an Bestla und auch an Aegirs Bruder. Bestla antwortet sofort mit zehn fröhlichen Hyrrokinen-Emojis und einer Reihe von flammenden Herzen. Und Bergelmir ignoriert mich.

AEGIR

*A*m Abend esse ich mit meiner menschlichen Nanny und den Zwillingen zu Abend.

Es ist erschreckend, wie sehr ich diese „Familienzeit" mit dieser Frau und meinen beiden Sprösslingen genieße. Es steht ein großer, unbenutzten Tisch im Esszimmer, den wir verwenden könnten, aber Riley und ich genießen die Intimität des kleineren Küchentisches.

Vor der Ankunft meines Nachwuchses habe ich diese Küche kaum genutzt. Ich habe ohne Unterbrechung gearbeitet, Kraftriegel gegessen, auch gesundes Essen aus dem Lebensmittelautomaten, und abends habe ich trainiert. Doch eines schicksalhaften Morgens rief der Wachmann vom Einfahrtstor an und fragte, ob ich Kritan Softstone und zwei Babys Einlass gewähren wolle. Babys? Ich stimmte zu, weil ich meine Neugierde nicht bändigen konnte. Und im nächsten Moment entdecke ich Zwillinge in zwei Körbchen vor meiner Haustür. Kritan ist da und brabbelt etwas davon, dass sie von mir sind, dass sie sie mir überlässt, aber dass das immer noch bedeutet, dass ich rechtlich an sie gebunden bin. Ich habe kaum ein Wort von dem mitbekommen, was sie gesagt hat, denn mein Blick fiel auf die Babys. Und in dem Moment, als ich mich hinhockte und ihren Duft einatmete, ihren Blicken begegnete und ihre zarten Krallen berührte, wusste ich, dass es stimmte.

Diese Babys sind echte Touchstones. Sie sind meine Babys.

Meine Mutter und mein Bruder sowie die beste Freundin meiner Mutter sind gekommen und haben mir geholfen, mich um meinen Nachwuchs zu kümmern. Seit ihrer Ankunft habe ich sehr wenig gearbeitet und gelernt, mich dabei wohlzufühlen, richtige Mahlzeiten mit anderen Lebewesen zu essen anstatt nur Nahrungsersatzriegel. Aber nach diesen ersten turbulenten Wochen scheint sich das Leben mit der Ankunft meiner Nanny allmählich in dieser neuen Normalität einzupendeln. Jetzt, wo Riley da ist, kann ich zu meiner alten Arbeits- und Schlafroutine zurückkehren, wenn ich will. Aber ich will gar nicht. Mein alter Zugang zum Leben fühlt sich jetzt kalt und leblos an. Ich mache jetzt in diesem neuen Rhythmus weiter, weil ich gar nicht anders kann, als Zeit mit meinem Nachwuchs und diesem Menschenweibchen zu verbringen.

Ich sitze mit Riley am Tisch und auf der Vorderseite ihrer menschlichen Kleidung prangt heute Abend etwas, das ich nicht verstehe. Und mittlerweile sollte ich es verstanden haben, da ich ständig auf ihre üppige Brust starre. „Was ist das?", frage ich.

Sie schaut nach unten und lacht, ihre Wangen färben sich charmant rosa. „Oh, da steht ‚Friends'. Das ist eine Fernsehserie vom Originalplaneten."

„Vom Originalplaneten?"

„Ja, ich bin auf der Neuen Erde geboren und aufgewachsen, aber der Planet, auf dem meine Spezies ihren Ursprung hat, ist die Erde, und wir nennen sie den ‚ursprünglichen Planeten'."

„Warum wurdest du nicht auf der Erde geboren?", frage ich und versuche, mehr über die Menschen zu erfahren.

„Die Menschen wurden fast tausend Jahre lang heimlich von der Erde entführt, und zwar von den Hurlianern", erzählt sie mir. „Irgendwann nahmen sie so viele von uns mit, dass sie einen Ort finden mussten, an dem sie uns unterbringen konnten, also begannen sie, uns auf einem anderen Planeten abzuladen, den sie Neue Erde nannten. Im Laufe der Jahrhunderte wuchs unsere Bevölkerung auf der Neuen Erde. Keiner von uns hat jemals die Erde betreten. Schließlich wurden die Menschen auf der Neuen Erde von den Xylanern aus der Herrschaft der Hurlianer befreit. Aber die Sache ist die: Wir können den ursprünglichen Planeten nicht kontaktieren. Das würde ihre Evolution gefährden und sie stehen noch unter Artenschutz. Es ist so seltsam, wir sind von dem Planeten getrennt, auf dem unsere Spezies ursprünglich heimisch ist, von dem Ort, an dem die meisten Menschen heute leben. Aber wir auf der Neuen Erde finden die Menschen vom ursprünglichen Planeten faszinierend und wir haben Wege gefunden, ihre Videokanäle anzuzapfen. Und jetzt sind wir besessen davon, alles über die Geschehnisse auf dem Planeten, über ihre Prominenten und die Mode, die sie tragen, zu erfahren und uns sogar ihre Fernsehsendungen anzusehen."

„Tja. Das kann ich verstehen, es hat wohl etwas mit Nostalgie zu tun, dass eure Art Dinge sammelt, die eure ursprüngliche Heimatwelt repräsentieren."

„Ja, so ist es."

„Und was ist das auf deinem Oberteil?"

„Es ist von einer sehr lustigen und berühmten Show auf der Erde. Sie handelt von einer Gruppe von Freunden, die alle zusammenleben." Riley blickt nach unten und zupft mit einem betrübten Lächeln an ihrem menschlichen Shirt. „Ich trage das, weil ich mir neue Sachen kaufen muss", gibt sie zu.

„Nun, ich habe in meinem Zimmer jede Menge Kittel, was technisch gesehen meine Arbeitsuniform ist. Das ist das, von dem die Arbeitsagentur erwartet, dass ich es für diesen Auftrag trage. Nur habe ich das Gefühl, dass es natürlicher wäre, bequeme Zivilkleidung zu tragen, wenn ich mit den Zwillingen arbeite. Aber ich brauche mehr davon. Und eigentlich hätte ich gerne ein paar von der Art Tops, die ich bei den Hyrrokinen-Weibchen gesehen habe."

Ich unterdrücke ein Stöhnen der Freude, als ich mir vorstelle, wie mein Menschenweibchen seine prallen Arme wie die Weibchen meiner Spezies entblößt. „Warum hast du die neue Kleidung noch nicht bestellt? Ich habe dir Zugang zu meinem Konto auf dem Shopping-Kanal gegeben."

„Ich kann mir doch damit keine persönlichen Sachen kaufen", schnaubt sie und schüttelt den Kopf, als ob ich verrückt wäre. „Du hast mir das für Haushaltswaren und den Bedarf der Babys gegeben. Nicht für mich."

„Es ist auch für dich. Ich möchte, dass du mit diesem Konto neue Kleidung kaufst."

Ihre Lippen schürzen sich. „Dafür brauche ich dein Geld nicht. Ich kann meine eigene Kleidung kaufen. Ich war gerade mit den Babys beschäftigt, aber ich werde das heute Abend bestellen, wenn sie schlafen."

Warum sträubt sie sich so dagegen? „Nimm mein Geld und kauf dir alle Kleider, die du brauchst."

„Nein, ich –"

Ich schlage mit der Faust auf den Tisch. „Tu es", knurre ich. Eine Rauchwolke pufft aus meinen Nasenlöchern. „Ich möchte, dass du mein Geld für diese Einkäufe verwendest. Ich erwarte, dass du immer über mein Konto einkaufst, wenn du etwas brauchst."

Ihre Augen weiten sich. „Okay", haucht sie.

Und jetzt bin ich besorgt, dass ich sie wieder erschreckt habe. Menschen sind ganz anders als Hyrrokinen. Manchmal vergesse ich das, weil sie und ich so gut miteinander auskommen.

Wir essen weiter und ich versuche, dem Weibchen mehr Fragen über sie selbst zu stellen. Ich höre geduldig zu, während sie mir eine lange Geschichte über einen Video-kanal von einem Hyrrokinen-Weibchen und ihrem Baby erzählt, den sie sich ansieht. Ich bin beeindruckt. Riley weiß wirklich, wie man recherchiert.

„… Ich habe die letzte Nacht damit verbracht, Alter und Stadien der hyrrokinischen Kindheitsentwicklung zu lernen. Ich interessiere mich besonders für drei Monate alte Babys und was sie brauchen, wenn sie vier bis sechs Monate alt werden. Mein Kopf ist voll mit Ideen für die Zwillinge."

Ich nicke und stelle Fragen, um ihr die Möglichkeit zu geben, mir mehr darüber zu erzählen, denn auch ich finde das Thema interessant. Ich weiß nichts über Säuglinge, aber ich will alles über sie lernen. Als Riley mit dem Essen fertig ist, helfe ich ihr, den Hyrrokinen-Wissenskanal auf ihrem Tablet zu installieren, und gebe ihr mein Passwort.

All das zaubert ein strahlendes Lächeln auf die seltsamen Züge meines Menschenweibchens. Ich vermute, sie hat mir verziehen.

Sie steht auf und geht in die Küche, um die Abendfläsch-chen für die Babys vorzubereiten. Danach gehen wir gemeinsam ins Wohnzimmer und ich setze mich auf die eine Seite der Couch und Riley nimmt die andere. Sie hat Loge auf dem Arm und ich Kari. Wir fangen an, die Zwillinge zu füttern, und ich beschließe, dass es der richtige Zeitpunkt ist, ihr mehr über die Sache mit der biologischen Mutter meines Nachwuchses zu erzählen.

„Hat meine Mutter dir von Kritan erzählt?", frage ich.

Riley beißt sich auf die Lippe. „Nun, ähm …"

„Schon okay. Ich bin davon ausgegangen, da ihr beide heute Morgen zusammengesessen und euch unterhalten habt. Das macht mir nichts aus. Gibt es sonst noch etwas, was du wissen willst?" Ich erzähle nie jemandem von meinen Problemen mit Kritan Softstone. Ich spreche nicht mit meinen Angestellten, Geschäftspartnern, Kunden oder Lieferanten darüber – nicht mit einem einzigen Hyrrokinen außerhalb meiner unmittelbaren Familie. Aber jetzt erzähle ich Riley alles.

„Ich weiß nicht einmal, was ich fragen soll", antwortet sie und starrt mich mit diesen hellblauen, ausdrucksstarken menschlichen Augen an. „Es tut mir nur so leid, dass dir das passiert ist, aber ich schätze, ich kann nicht einmal wirklich traurig darüber sein, denn am Ende hast du dafür diese beiden wunderschönen Kinder bekommen."

„Du hast genau das ausgesprochen, was ich empfinde. Ich hasse es, wie es passiert ist, aber ich bin dankbar für die Ankunft meines Nachwuchses. Ich war vielleicht überrascht und völlig unvorbereitet, aber ich tue alles, was nötig ist, um mein Leben anzupassen, damit sie sich wohlfühlen und gesund sind."

„Sogar eine menschliche Nanny anstellen?", witzelt sie.

Ich lache. „Ja, ich bin sogar bereit, eine menschliche Nanny zu kaufen."

„Kaufen, mieten, wie auch immer."

Ich zucke mit den Schultern.

„Bestla sagte, dass du rechtlich an Kritan gebunden bist, bis die Angelegenheit vor Gericht geklärt ist."

Ich knirsche mit den Zähnen. „Ja, diese Formalität schwebt noch wie eine dunkle Wolke über meinem Kopf. Ich bin in der Schwebe, bis das Urteil gefällt ist."

„Macht es dich wütend, dass du nicht, ähm, mit anderen Weibchen ausgehen kannst?"

Ich bin wütend, weil ich dich nicht haben kann. Aber ich sage: „Ich bin wütend darüber, dass Kritan vorübergehend hat, was sie will, nämlich Anspruch auf mich. Sie hat es geschafft, sich mit mir rechtlich zu verbinden, für immer."

„Das ist schrecklich."

„Normalerweise gehe ich nicht mit Weibchen aus", sage ich. „Aber ich möchte eine Partnerin finden, meine Lebensgefährtin, mit der ich mich verbinden kann und die mir hilft, meine Nachkommen großzuziehen. Aber ich muss zölibatär bleiben, solange ich darauf warte, dass die Gerichte meinen rechtlichen Familienstatus bestimmen."

„Zölibatär?", quietscht sie und versucht dann, ihre Antwort mit einem falschen Husten zu überspielen.

Meine Lippen zucken. Ich vermute, mein Menschenweibchen will mich genauso sehr wie ich sie.

„Hmm", murmelt sie und versucht, das Thema zu wechseln. „Was glaubst du, warum sie das alles tut?"

Ich schüttle den Kopf und spiele mit. „Ich habe oft versucht, es zu verstehen. Wenn sie den Rechtsanspruch auf den Status als meine Gefährtin durchsetzen kann, dann hat sie automatisch ein Anrecht auf die Hälfte meines Vermögens und aller zukünftigen Einkünfte. Das wäre ein Grund. Obwohl ich nicht glaube, dass das ihr Hauptziel ist. Ihr Vater ist wohlhabend und mächtig und sie ist seine einzige Erbin."

„Oh wow. Das ist wirklich seltsam. Sie kümmert sich nicht einmal um ihre Kinder. Sie hat sie im Alter von einem Monat bei dir abgegeben und sie seitdem nicht mehr gesehen. Das wird das Gericht doch bestimmt berücksichtigen."

„Ich weiß. Meine Anwälte arbeiten hart daran."

„Hast du sie geliebt?", fragt sie plötzlich.

Ich blinzle, überrascht über die Frage. „Nein", antworte ich entschlossen. „Ich bin mit ihr auf ein Date gegangen, weil sie mich immer wieder hartnäckig dazu aufgefordert hat."

Sie zieht eine Augenbraue hoch.

„Sie hat mich betrunken gemacht", gebe ich zu.

„Aaah."

„Ich trinke nie, also war ich nicht ich selbst. Ich vermute sogar, dass sie mir etwas in den Drink getan hat."

Ihre Augen weiten sich. „Diese Frau ist ein kriminelles Superhirn."

„Ja", stimme ich zu. „Und es war anstrengend, das unfreiwillige Ziel ihrer illegalen Besessenheit zu sein. Ich bin dankbar für meine Babys, aber ich gebe zu, ich wünschte, sie hätten das Glück gehabt, von einer anderen Mutter zu stammen."

Ich starre Riley an. Ich hatte keine Wahl bei der biologischen Mutter meines Nachwuchses, aber ich habe sicherlich eine Wahl, wenn es um die Frau geht, die sie aufziehen wird. „Ich habe mich nur zweimal vergnügt, seit ich volljährig bin, und beide Male war ich betrunken", gebe ich ihr gegenüber zu.

„Wirklich?"

„Ja, ich –"

Und dann gurgelt Kari und würgt. Ich ziehe die Flasche aus ihrem Mund und setze sie auf.

„Oh nein, pass auf", ruft Riley.

Aber es ist zu spät. Kari spuckt mir in Sekundenschnelle die Hälfte ihres Flascheninhalts auf die nackte Brust. „Igitt." Die Milch rinnt über meine Haut und ein winziges Lächeln umspielt Karis Lippen – sie ist vollkommen zufrieden, nachdem sie ihren Daddy vollgekotzt hat.

RILEY und ich arbeiten Hand in Hand, legen Kari und Loge ins Bett und unterhalten uns, während wir uns im Tandem um die Babys kümmern. Zuerst baden wir sie, dann wechseln wir ihre Windeln und ziehen sie an. Das dauert eine Stunde. Riley besteht darauf, dass wir noch einmal versuchen, sie zu füttern. Sie nennt es „Nachfüttern", um sicherzustellen, dass sie über Nacht nicht hungrig werden. Ich sitze auf einem Stuhl im Kinderzimmer und Riley sitzt im Schneidersitz auf dem Boden, mit Kari auf dem Schoß, und füttert mein Mädchen mit einer Extraportion Milchnahrung, da sie den größten Teil der letzten Mahlzeit wieder hochgewürgt hat.

Es ist still im Zimmer und die kleinen Augen meiner Babys werden schläfrig, als wir sie in ihre Bettchen legen. Riley schaltet ein Nachtlicht und beruhigende Hyrrokinen-Babymusik ein und wir gehen leise aus dem Zimmer und schließen die Tür hinter uns. Und es ist still. Die Babys sind eingeschlafen.

Schockierend.

„Ich kann nicht glauben, wie viel einfacher das war."

Sie lächelt. „Ich glaube, früher war es schwieriger, weil ihr zu viert wart und vielleicht keinen einheitlichen Zeitplan hattet, an den sich alle gehalten haben. Ihr habt das alle großartig gemacht und es war schön, dass deine Mutter, ihre Freundin und dein Bruder hier waren, um dir zu helfen. Aber ich denke, es hilft, dass es hier ruhiger zugeht und dass ich nichts anderes tue, als dafür zu sorgen, dass sie einen strukturierten Tagesablauf haben."

„Du bist wundervoll", sage ich zu ihr. „Es ist wahr, was man über Menschen sagt. Sie sind die besten Pfleger."

Sie lacht. „Ich glaube wirklich nicht, dass alle Menschen von Geburt an gute Pfleger sind. Wir sind alle unterschiedlich. Es ist nur so, dass das alles ist, was ich tue. Alles, was ich über Hyrrokinen-Babys weiß, habe ich von dieser Mutter im Videokanal gelernt und von den Tipps, die deine Mutter mir gegeben hat."

Wir stehen zusammen im Flur. Ich will ihr nicht so nahe sein. Ich kämpfe ständig gegen den Drang an, sie zu berühren, sie zu packen und meine Krallen auf ihre verlockenden Kurven zu legen. Oder sie einfach nur in meinen Armen haben zu wollen, damit ich sie küssen und meine Zunge in ihren Mund stecken kann.

Normalerweise halte ich Abstand, denn der Duft ihres Körpers löst dieses Verlangen in mir aus und ich bin kein Mann, der für eine Bindung zur Verfügung steht. Ich schaue auf ihre Brüste hinunter und kann ihre harten Nippel sehen, die sich unter ihrem Top abzeichnen. Und ich schaue rechtzeitig wieder hoch zu ihrem Mund, um zu sehen, wie sie sich über die Lippen leckt. Und dann steigt ein neuer Duft in meine Nasenlöcher und befeuert jeden meiner besitzergreifenden Triebe.

Ein Knurren grollt in meiner Brust. Ich sollte gehen. Ich sollte den Flur hinunter in mein Zimmer rennen und die Tür abschließen, aber ich kann nicht.

„Aegir", sagt sie und ihre Stimme zittert.

Ich stöhne. Ich pulsiere vor Verlangen nach ihr. Alles, was ich tun will, ist, sie in mein Schlafzimmer zu bringen, sie auf mein Bett zu werfen und meinen harten Schwanz in ihrer nassen Muschi zu versenken und den Geräuschen zu lauschen, die sie macht, wenn sie um mich herum kommt. Ich spüre, wie meine Entschlossenheit zu wackeln beginnt. „Ich kann deine Erregung riechen", knurre ich.

„Es tut mir wirklich leid, das ist so unprofessionell. Es ist nur so, dass wir total viel Zeit miteinander verbringen …"

Ich schlage meine beiden Krallen an die Wand über ihrem Kopf und lehne mich dicht an sie heran. „Ich will dich", knurre ich.

„J – Ja? Wirklich?"

„Ja." Ich drücke das lange Rohr in meiner Hose gegen ihren Bauch. Ich sollte es nicht tun, aber ich kann mich scheinbar nicht zurückhalten.

„Oh", stöhnt sie.

„Aber ich kann dich nicht nehmen, solange ich gesetzlich an einen anderen gebunden bin."

„Ich weiß", keucht sie.

„Wenn das nicht der Fall wäre, lägst du jetzt schon unter mir."

Ihre kleinen Hände greifen nach dem Bund meiner Hose. „Tatsächlich?"

Ich drücke mein Gesicht in ihre Halsbeuge und atme sie ein. Meine gespaltene Zunge schnellt hervor und gleitet über ihre saftige Haut. Heilige Götter, sie riecht und schmeckt fantastisch. Ich will genau das für den Rest meines Lebens.

„Ich bin noch Jungfrau", platzt sie heraus.

Ich ziehe mich zurück und schaue verwirrt zu ihr hinunter. „Du hast dich noch nie lustvoll gepaart?"

„Ich war zu beschäftigt?"

„Aber du bist so …" Ich nehme eine Strähne ihres Haares zwischen meine Krallen und spiele damit.

„So was?"

„Schön, du bist so wunderschön."

„Ich?", quiekt sie, als wäre das etwas ganz Neues für sie. Sie muss eines der schönsten Weibchen auf ihrem Planeten sein.

„Du", antworte ich. „Du bist umwerfend."

Sie legt ihre Handflächen auf meine nackte Brust. „Aegir. Wir können das nicht tun."

„Ich weiß", seufze ich. „Ich weiß, dass wir das nicht können." Es ist wahr. Es ist unmöglich. Ich kann mich nicht mit diesem Weibchen vergnügen, während die biologische Mutter meiner Nachkommen vor Gericht ihre rechtliche Verbindung zu mir einklagt. Ich bin technisch gesehen vergeben. Ich drücke meine Stirn gegen ihre und hole tief Luft, dann stoße ich mich bewusst von ihr weg und mache einen Schritt zurück. Es ist das Schwerste, was ich je in meinem Leben getan habe. „Ich kann mich nicht mit dir paaren oder dich auch nur berühren, aber ich möchte nicht, dass das kaputt macht, was wir hier haben. Ich möchte, dass du in meinem Haus bleibst, mit meinen Nachkommen", sage ich. „Du kümmerst dich wundervoll um sie."

„Und ich möchte hier sein, aber wie können wir zusammenarbeiten, wenn … das zwischen uns steht?"

Ich beiße mir auf den Kiefer und entblöße meine Reißzähne. Ich bin ein Touchstone und entstamme einer alten Linie von Ehrenmännern. Ich hebe mein Kinn. „Ich werde meine Krallen von dir fernhalten, während ich das Ergebnis von Kritans Klage abwarte. Bleibst du so lange und kümmerst dich um meine Nachkommen?"

„Ja, natürlich bleibe ich", antwortet sie. „Ich bin wegen der Babys hier."

Ich nicke. „Wegen der Babys", murmle ich. Und dann drehe ich mich um und zwinge mich, wegzugehen und die Schlafzimmertür hinter mir zu schließen.

AEGIR

*I*ch kann nicht aufhören, an die sexy Jungfrau im Zimmer nebenan zu denken.

Wie soll ich mit ihr im selben Haushalt leben und sie trotzdem nicht anfassen? Ich will sie in meinem Haus haben, weil sie nicht nur die sexieste Frau ist, die mir je in meinem Leben begegnet ist, sondern auch, weil sie hervorragend mit meinen Sprösslingen umgeht. Sie ist der Leim, der uns zusammenhält. Riley ist charmant und angenehm fleißig und sie versteht sich gut mit meiner Mutter und meinem Bruder. Meine Babys himmeln sie an. Sie lassen es mich mit ihrem Lächeln und ihrem Gurren wissen. Sie wollen, dass sie bleibt.

Wir alle drei sind süchtig nach diesem Menschenweibchen.

Und sie will mich auch. Also muss ich sicherstellen, dass ich sie nicht vergraule.

Ich blinzle in das Morgenlicht, das durch das Fenster scheint, und schaffe es, mich aus dem Bett zu quälen und mich für die Arbeit fertig zu machen. Ich gehe nach unten und füttere Loge, während ich wie besessen auf Rileys perfekten Hintern und den Schwung ihrer breiten Hüften starre, als sie durch die Küche läuft.

Nach einem unangenehmen Frühstück, bei dem wir beide so tun, als wäre letzte Nacht nichts gewesen, gehe ich in mein Büro, um meinen Arbeitstag zu beginnen. Ich sitze in meinem Stuhl und stelle mir vor, wie ich ihre großen Brüste mit meinen Krallen umschließe. Wie sehen ihre Brustwarzen aus? Wie schmecken sie? Wie würde es sich anfühlen, wenn mein Schwanz zwischen diese Brüste gleitet? Und was, wenn ich auf ihr Gesicht spritzen würde?

Oh verdammt, mein Schwanz wird schon wieder hart.

Ich rutsche auf meinem Bürosessel hin und her und versuche, Erleichterung zu finden.

Ich schüttele den Kopf, schalte meinen Computer ein und rufe meinen Terminplan auf. Es reicht. Ich muss mich an die Arbeit machen.

Stunden später klopft es an meine Bürotür und ich bin dankbar für die Unterbrechung. Ich schalte meine Bildschirme ab und begrüße Riley und meinen Nachwuchs. Ich freue mich aufrichtig, ihre lächelnden Gesichter zu sehen. Riley betritt mutig mein Heiligtum und drückt mir ein Baby in die Arme, also führe ich sie kurz herum.

„Und was *machst* du hier drin?", fragt mein Weibchen.

Ich lache hell über diese Bemerkung und finde es erfrischend, dass sie keine Ahnung hat, wer ich bin. „Ich erschaffe Währungssysteme", antworte ich schlicht.

„Oh." Sie wirkt völlig desinteressiert. Sie schreitet im Büro umher und wirft einen Blick auf die Auszeichnungen in meinen Regalen, während sie Kari in ihren Armen wiegt.

Ich setze mich wieder hin und Loge wartet geduldig auf meinem Schoß, während ich rede. „Ich habe eine neue Art erfunden, Geld zu verwalten und zu investieren, die die Art und Weise revolutioniert, wie normale Hyrrokinen ihr Vermögen vermehren", versuche ich zu erklären.

„Hmm." Sie schaut sich auf den drei verschiedenen gläsernen Hightech-Bildschirmen um, auf denen die Echtzeit-Aktiendaten der wichtigsten Märkte der vier Sektoren angezeigt werden. „Klingt interessant ... Ähm, kannst du Kari einen Moment für mich halten?" Sie drückt mir auch noch das zweite Baby auf den Arm. „Ich verspreche, ich bin gleich wieder da", ruft sie, während sie zur Toilette am Ende des Flurs rennt.

Ich lache wieder und schaue auf die beiden Babys in meinem Schoß hinunter. Sie blinzeln zu mir hoch, überrascht, so unverhofft bei mir gelandet zu sein.

Ich lehne mich in meinem plüschigen Bürostuhl zurück, wo um mich herum mein ganzes Arbeitsequipment angeordnet ist. In den letzten ein oder zwei Jahren war ich auf dem Höhepunkt meines Schaffens. Ich bin vorzeitig aus dem Militär ausgeschieden und habe mein Unternehmen gegründet und nicht ein einziges Mal habe ich daran gedacht, dass ich eine Familie in meine Pläne einbauen könnte. Ich war nicht grundsätzlich gegen diese Vorstellung, aber die Tatsache, dass ich fast nie Lust hatte, mich zu paaren, oder das Bedürfnis verspürte, mit anderen Hyrrokinen zu interagieren, abgesehen von meinen Video-Konferenzen mit Arbeitskollegen oder Angestellten und meiner Familie – nun, ich empfand das als ein Zeichen dafür, dass ich nicht dazu bestimmt war, Vater zu werden oder meine Lebenspartnerin zu finden.

Ich blicke in Loges dunkle Augen. Kari rutscht umher und schiebt sich eine Faust in den Mund. Sie scheinen zufrieden zu sein. Ich lächle die beiden an, liebe ihr Gewicht, ihre Wärme und sogar ihren süßen Geruch. So ist es schon seit dem Tag, an dem sie angekommen sind, wir hatten sofort eine Verbindung. Ich liebe diese beiden Babys von ganzem Herzen. Mein einziger großer Schmerzpunkt ist, dass sie nicht von einem Weibchen geboren wurden, an das ich rechtlich gebunden war, daher wurde mir das Vergnügen verwehrt, ihr Entstehen und ihre Geburt mitzuerleben. Ich blinzle, überrascht über meine eigenen Gedanken, denn ich kann mir Riley ganz leicht vorstellen, wie sie kugelrund ist und meinen Nachwuchs in sich trägt.

„Ich bin wieder da", zwitschert sie, als den Raum betritt. Sofort öffnet sie ihre Arme und bittet darum, Kari zurücknehmen zu dürfen.

Ich schaue zu meiner schönen menschlichen Nanny auf. Wie wäre es, halb menschliche und halb hyrrokinische Nachkommen zu haben? Würden sie meine Touchstone-Flammen und die funkelnden blauen Augen meines Weibchens erben?

„Zeit für das Mittagessen", verkündet sie. „Du musst zum Essen nach unten kommen und die Babys brauchen ein Fläschchen. Eine Pause wird dir guttun."

Sie hat recht. Ich drehe mich um und schalte schnell meine Geräte aus. Ich stehe mit Loge auf einem Arm auf und meine andere Klaue wandert an ihren unteren Rücken, während wir die Treppe hinuntergehen. Jeder von uns trägt einen der Zwillinge.

„Möchtest du ein Gericht von der Neuen Erde kosten?", fragt sie. „Ich werde etwas essen, das sich Chicken Quesadilla nennt. Willst du das auch probieren?"

„Klar", antworte ich. Sie hat mich schon Suuschie, Chiezbürgrrr und etwas namens Pietzah probieren lassen, was ich alles köstlich fand. „Aber nur, wenn du zustimmst, heute Abend urikanisches Ei mit schwarzer Blutsoße zu essen."

„Okay." Sie verzieht das Gesicht. „Ich verspreche, ich werde es kosten."

Ich lache. Sie wird es abscheulich finden.

Schließlich lassen wir uns am Küchentisch nieder und ich nehme einen Bissen von diesem cheeeken kehsahdiyah. Und sie hat recht, es schmeckt großartig. Menschliches Essen ist wunderbar. Diese Spezies ist fürsorglich und außerdem sind sie hervorragende Köche. Ich entwickle schnell eine Vorliebe für das heiße Getränk, das sie „Kaffee" nennt.

Ich schaue zu Riley hinüber und ertappe sie dabei, wie sie einen großen Bogen um meinen zuckenden Schweif macht, während sie sich zum Tisch bewegt. Sie hat den gleichen verängstigten Ausdruck im Gesicht wie neulich, als ich sie im Transporterraum abgeholt habe.

„Warum hast du vor Schreck geschrien, als ich dich abgeholt habe?", frage ich.

„Was?" Sie schaut zu mir auf, während sie sich setzt. „Warum habe ich geschrien? Oh. Ich, ähm, ich dachte, du wärst der Teufel?"

„Der Teufel? Was bedeutet das?"

„Nun, im Grunde ist es in meiner Kultur eine Bestie oder ein Monster, das alles Böse repräsentiert. Es wird normalerweise als rothäutig dargestellt, mit schwarzen Hörnern und Reißzähnen und einem Schweif mit Widerhaken."

Ich schnippe mit meinem eigenen Schweif. Ihre Augen weiten sich und ich werfe meinen Kopf zurück und lache herzhaft. „Du hast einen Blick auf mich geworfen und dachtest, ich sei einem deiner Albträume entsprungen? Ein Monster?"

„Ja."

„Und dann hast du gesehen, dass da noch mehr von uns im Transporterraum sind, die auch alle so aussehen wie ich, und das hat dir noch viel mehr Angst gemacht?"

„Jep."

„Und meine Babys?"

„Ich hatte die totale Panik, als sie Feuer gespuckt haben, weil das auch etwas ist, das Satan macht."

„Satan?"

„Satan, der Teufel, diese Worte sind Synonyme."

„Und was hältst du jetzt von meinem Nachwuchs?"

Sie grinst. „Ich finde sie hinreißend." Und dann hält sie die leere Flasche von Loge hoch. „Siehst du", sagt sie stolz, „Loge hat diesmal mehr getrunken. Er wächst. Gut gemacht, kleiner Mann", lobt sie ihn. Dann drapiert sie ein Handtuch über sich, legt Loge auf ihre Schulter und klopft ihm sachte auf den Rücken. Mein Sohn stößt einen Rülpser aus und eine schwarze Rauchwolke erhebt sich über unsere Köpfe.

Ich lächle sie an. Ich finde sie auch bezaubernd. Aber das darf ich nicht sagen. Ich wünschte, ich könnte es, aber ich kann es nicht.

Sie schnappt sich auch noch Kari und jetzt hält sie in jedem Arm ein Baby. „Siehst du, ich werde schon stärker", sagt sie.

„Das stimmt", stimme ich mit heiserer Stimme zu. Ich liebe es, wie sie jetzt unsere traditionelle Frauenkleidung trägt. Sie sieht sexy aus in ihrem rosafarbenen Hyrrokinen-Shirt, das ihre perfekt molligen Arme und die Kurven ihrer großzügigen Brüste und ihre üppige Taille zur Geltung bringt. Sie hält zärtlich meine beiden Babys und ich möchte sie auf der Stelle ficken.

So wie sie mich anstarrt, weiß ich, dass sie sich an letzte Nacht erinnert. Wie ich meinen harten Schwanz gegen ihren Bauch gedrückt habe.

Ein Knurren grollt in meiner Brust. Mir droht, die Kontrolle zu entgleiten. Ich greife nach meinem Teller und stehe vom Tisch auf.

„Alles okay?"

„Ich muss zurück an die Arbeit", knurre ich.

Sie sieht gekränkt aus.

Ich fühle mich beschissen, aber ich muss gehen, sonst entehre ich uns beide.

. . .

STUNDEN SPÄTER GEHE ich die Treppe hinunter und sehe den Grund dafür, warum ich dieses Menschenweibchen in meinem Leben brauche.

Ein lautes Klopfen hallt durch das Haus, begleitet von hohen Stimmen, wie ich sie noch nie zuvor gehört habe, also vermute ich, dass es eine Art menschliche Musik sein muss. Und ich habe recht, denn als ich um eine Ecke biege, entdecke ich Riley mit Kari in den Armen und Loge, der mit einem glücklichen Lächeln auf seinem wilden kleinen Gesicht von seiner Wippe aus zusieht. Riley macht irgend-eine Art von wellenförmigen Bewegungen, scheinbar im Takt der Klänge. Es ist hypnotisierend. Und so unsagbar sexy.

Sie dreht sich um und sieht, dass ich sie beobachte. „Oh", ruft sie aus, bleibt stolpernd stehen, ihre Wangen färben sich wieder pink. Sie hält inne, scheint eine Art Entscheidung zu treffen, dann eilt sie zurück zum Tresen, tippt auf ihr Glas-Tablet und die Musik setzt wieder ein. Sie bückt sich, greift mit dem anderen Arm nach Loge, kommt zu mir und hält ihn mir hin. Jetzt haben wir beide ein Baby am Arm. Die selt-same Musik setzt wieder ein. „Wir werden zusammen tanzen", ruft sie.

Was? „Hyrrokinen tanzen nicht."

„Jetzt schon."

Und sie hat recht, denn mit dem klopfenden Geräusch und den Bewegungen, die sie macht – sie stößt ihre Hüfte gegen meine – wirkt das Ganze richtig ansteckend. Ich kann nicht stillstehen. Ich ertappe mich dabei, wie ich ihr zusehe und versuche, ihre Schritte und Bewegungen zu imitieren. Es macht Spaß. Ich lache laut auf, als sie sich mit Kari im Arm im Kreis dreht und ich das Gleiche tue und beide Babys vor Freude glucksen. Ich schnippe mit dem Schweif im Takt und schlinge ihn dann um ihre Taille. Wir tanzen zu einem schnellen Lied, dann wiegen wir uns zu einem langsameren

Lied und das dritte Lied ist letztendlich eine Art Hymne, die Riley immer wieder laut ruft. Sie ist großartig.

Das Lied geht zu Ende und sie schreit atemlos auf. „Musik anhalten."

„Musik angehalten", antwortet das Tablet.

Ich schwinge immer noch umher, halte Loge in meinen Armen und wackle mit dem Schweif. Ich kann offenbar nicht aufhören.

„Warte", sagt sie, „lass mich ein Foto von euch machen."

Ich schüttle den Kopf. Das sagt sie immer.

Und dann macht sie eine ganze Reihe von Fotos von mir, erst mit einem Baby, dann mit beiden Babys in meinen Armen. Ich schaffe es, ihr das Tablet zu entreißen, und mache ein paar Schnappschüsse von ihr, wie sie die Babys hält, und dann ein Selfie von uns vieren zusammen.

„Ich wünschte, ich könnte das posten", sagt sie wehmütig.

„Kannst du doch."

„Neiiin. Ich kann sie nicht auf meinem persönlichen Profil posten, das wäre komisch. Aber ich könnte sie dir schicken und du könntest die von dir und den Babys auf deinem Profil posten."

„Ich habe keines", gebe ich zu. Oder zumindest kein persönliches. Ich habe jemanden dafür eingestellt, der die Kanäle und Medien verwaltet, auf die mein Kundenstamm zugreifen kann.

Sie schaut völlig entsetzt drein. „Tust du nicht? Aber willst du nicht Bilder von den Babys posten, damit deine Freunde und Familie sie sehen können?"

Ich zucke mit den Schultern. Es ist mir wirklich nicht wichtig.

„Das ist ja furchtbar ... Wie wäre es, wenn ich ein Profil für dich einrichte? Ich kann deine Bilder für dich posten", bietet sie an.

„Okay. Wenn es dich glücklich macht, dann tu das."

Sie lächelt wieder und plötzlich möchte ich so gerne ihre Hand in meine nehmen, sie wieder an mich heranziehen und sie in meinen Armen haben und meine Zunge in ihrem Mund. Ich will es so sehr, dass es weh tut.

Sie muss die Hitze in meinen Augen sehen, denn sie räuspert sich und tritt einen Schritt zurück. Und wieder ist da diese eiskalte Distanz zwischen uns.

Zur Hölle.

Sie dreht sich um und geht in die Küche und ich atme tief ein und zwinge meinen Schwanz dazu, sich abzuregen.

Später, nachdem wir zu Abend gegessen haben und mit dem Füttern der Babys fertig sind, stehe ich mit Riley auf, um nach oben zu gehen.

„Was machst du da?", fragt sie mit Panik in der Stimme.

„Ich komme mit dir, um die Babys bettfertig zu machen."

„Nein." Sie schüttelt den Kopf. „Nein. Das ist mein Job. Deshalb hast du mich eingestellt. Du hast den ganzen Tag gearbeitet. Geh und ruh dich jetzt aus. Wenn du willst, kannst du künftig sogar abends wieder etwas mit deinen Freunden unternehmen oder Leute einladen. Das ist dein Haus."

Warum sollte ich irgendetwas davon wollen? „Aber ich habe dir gesagt, dass ich dir helfen würde, die Babys jeden Abend hinzulegen."

„Nein, das hast du am Anfang gemacht, um mir zu helfen, aber ich kann es mittlerweile schon viel besser, und wenn du willst, schaffe ich es auch alleine. Du kannst dich ausruhen. Dafür bezahlst du mich schließlich."

Ein Knurren grollt in meiner Brust. Ich nehme Loge aus ihren Armen. Jetzt habe ich beide Babys und gehe bedächtig die Treppe zum Kinderzimmer hoch.

„Aegir", zischt sie von hinten, „vielleicht ist es nicht die beste Idee, dass wir so viel Zeit miteinander verbringen. Ich kann diese Nähe nicht ewig ertragen."

Ich drehe mich um und schaue zurück zu ihr. Aha! Jetzt verstehe ich.

„Du kannst ausgehen", schluckt sie, „mit anderen Hyrrokinen."

Ich bemerke, dass es mich stört, daran erinnert zu werden, dass sie eine Angestellte ist. Und es stört mich auch, dass sie denkt, ich sei ein alleinstehender Hyrrokine, der eine Partnerin sucht. „Ich gehe nicht aus", sage ich, bevor ich mich umdrehe und weiter zum Zimmer der Babys gehe.

„Natürlich tust du das."

„Nein. Tue ich nicht. Ich gehe wirklich selten raus. Ich lasse mir mein Essen hierher liefern. Deshalb ist mein Haus groß und komfortabel und ich mag es, eine Wache am Eingangstor zu haben. Niemand kann unangemeldet eindringen und es ist leicht, den Überblick über meine Lieferungen zu behalten." Ich stoße die Tür zum Kinderzimmer auf und übergebe Kari an Riley.

„Warum lebst du so isoliert?"

„Ich mag die meisten Wesen nicht, also meide ich sie."

„Aber musst du nicht in deiner Firma mit anderen Hyrrokinen reden und arbeiten?"

„Mit manchen von ihnen spreche ich auch", räume ich ein. „Beruflich. Und wenn die Arbeit beendet ist und ich mit dem Reden fertig bin, brauche ich meine Ruhe, um meine Kraftreserven wieder aufzuladen und mich dafür zu stärken, wieder mit anderen Hyrrokinen zu reden."

„Du wirst also nie mit anderen Weibchen ausgehen, solange ich hier bin?"

„Nein. Das wird nie vorkommen."

„Nie? Okay." Sie stößt ein kehliges Lachen aus, das meinen Schwanz noch einmal anschwellen lässt. „Kann ich dich etwas fragen?", sagt sie.

„Hmm?", antworte ich, während ich die Windel meines Sohnes wechsle. Ich hebe Loges winzige Füße an, um seine verschmutzte Windel zu entfernen, und werfe sie in den Verbrennungseimer. Er gluckst vor Vergnügen über das Gesicht, das ich bei seiner stinkenden Ladung mache. Es ist erstaunlich, wie schnell ich mich an diese Aufgabe gewöhnt habe. Ich kann mittlerweile in wenigen Minuten eine Windel wechseln. Aber wenn Riley mit mir im Raum ist und sie sich gleichzeitig um Kari kümmert, dann zieht sich mein Herz zusammen und meine Brust wird eng. Es ist schön, damit nicht mehr allein zu sein. Ich bin froh, dass ich auch meine Mutter und meinen Bruder entlasten kann.

„Wie kommt es dann, dass du mit mir zusammenleben kannst? Mache ich dich nicht verrückt?"

„Ja, du machst mich verrückt", gebe ich zu.

Sie keucht. „Ich habe nur Spaß gemacht. Aegir! Wenn ich dich wirklich störe, warum behältst du mich dann hier? Wenn du das Gefühl hast, dass wir nicht zusammenpassen, musst du nur die Agentur anrufen und nach einem Ersatz fragen."

„Menschenweibchen, warum sprichst du so dummes Zeug?"

Riley dreht sich zu mir um. „Aber du hast gesagt …"

Sie hält Kari fest und mein kleines Mädchen döst bereits in ihren Armen ein. Ich kann es ihr nicht verdenken, ich möchte auch in Rileys Armen liegen.

„Ich sagte, du machst mich verrückt, aber ich habe nicht gesagt, wie."

Ihr Blick fällt auf meine Brust und schließlich auf meinen Schritt, wo ich mir sicher bin, dass sie den Umriss meines halb harten Schwanzes sieht. Das ist in letzter Zeit immer so.

„Oh."

Schnell dreht sie sich um und legt Kari zum Schlafen in ihr Bettchen. Sie wickelt das Baby fest ein und legt es auf seine Seite. Und ich mache das Gleiche mit Loge, genau wie Riley es mir gestern beigebracht hat. Sie sagt, das ist die

„beste Vorgehensweise", um Hyrrokinen-Babys zum Schlafen zu bringen. Ich will nur, dass es funktioniert. Sie schlafen wirklich tiefer und besser als je zuvor.

Ich schalte Loges Mobile ein. Es dreht sich über seinem Kopf und spielt beruhigende Hyrrokinen-Feuergesänge. Mein Sohn sieht zufrieden aus und seine kleinen schwarzen Augen fallen langsam, aber sicher zu. Wir verlassen den Raum und schließen leise die Tür hinter uns.

„Vielleicht ist das nicht die beste Idee", flüstert sie mir auf dem Flur zu, „dass wir beide so eng zusammenarbeiten."

Meine Stimme wird tiefer. „Du wirst nicht gehen."

„Aegir", versucht sie zu erklären, „ich will nicht gehen, aber diese Sache zwischen uns ... Es gibt nichts, was wir dagegen tun können. Und zu allem Überfluss bist du auch noch mein Chef. Ist dir klar, wie unprofessionell es ist, dass ich diese Gefühle für dich habe? Du hast mich angestellt, damit ich deine Kinder betreue. Das ist alles, was ich tun sollte. Ich bin sicher, die Agentur kann jemand anderen finden, der besser dafür geeignet ist. Ich könnte bleiben, bis sie den Ersatz schicken, damit die Übergabe reibungslos verläuft."

„Hör auf", knurre ich. Rauch quillt aus meinen Nasenlöchern.

Ihre Augen weiten sich und sie macht einen Schritt zurück.

Ich mildere meinen Tonfall. „Ich habe dich nicht berührt", erinnere ich sie. „Ich habe es nicht getan. Und ich verdiene einen Orden für meine Zurückhaltung."

„Und ich habe *dich* auch nicht berührt", erinnert sie mich. „Und ich habe auch eine Medaille verdient."

Ein Lächeln zerrt an meinen Lippenwinkeln. „Wir können das hinkriegen. Das Wichtigste ist, dass du bleibst. Du bist gut für meine Babys. Sie mögen dich. Ich mag dich. Meine Mutter und mein Bruder mögen dich auch. Du fügst dich gut ein und ich will niemand anderen in meinem Haus haben, nur dich."

Ihre leuchtenden Augen wirken, als wären sie feucht. „Oh, Aegir. Na gut. Ich bleibe."

Und dann drehe ich mich den zweiten Abend in Folge um und marschiere allein in mein Schlafzimmer, bevor ich die Tür fest hinter mir schließe.

ES IST SPÄT und ich kann nicht einschlafen. Ich bin hellwach und mein Körper steht in Flammen, bereit, sich zu paaren und fortzupflanzen, aber unfähig, die Frau meiner Träume zu berühren.

Sie ist nur ein Zimmer weiter. Dieser ausladende Hintern, der perfekt in meine Handfläche passt. Die stämmigen Oberschenkel und die schmale Taille. Das farblose Haar auf ihrem Kopf ist ein ungewöhnliches Merkmal, aber ich habe zu genießen gelernt, wie es ihr über die Schultern fällt und im Licht schimmert. Ich stelle mir vor, wie ich es mit meinen Krallen packe, während ich sie von hinten nehme.

Grrr.

Wie kann ich schlafen, wenn diese Bilder meinen Geist und Körper bombardieren?

Ich versuche es damit, mir eine Sendung über Militärgeschichte im Videokanal anzusehen, dann lese ich ein E-Book über Hyrrokinen-Finanzen. Aber es klappt nicht, ich denke immer noch an sie.

Ich esse einen Snack. Ich trainiere auf dem Laufband, nehme danach eine heiße, reinigende Dusche und immer noch … ist mein verdammter Schwanz hart wie Granit. Nichts kann das unerbittliche Bedürfnis stillen.

Im ganzen Haus ist es ruhig, alle anderen sind schon im Bett, außer mir. Meine beiden Sprösslinge schlafen in ihrem

Kinderzimmer. Mein Menschenweibchen ist in seinem Schlafzimmer, aber ich will sie hier bei mir haben.

Ich habe noch nie so für jemanden empfunden. Dieses intensive sexuelle Verlangen ist mir neu. Ich bewundere schöne Weibchen und manchmal spüre ich ein Zucken in meinem Schwanz, aber nie reicht es aus, um tatsächlich auf mein Verlangen hin zu handeln. Nur Alkohol und ungewöhnliche Umstände haben mich dazu veranlasst, eine Gefährtin zu beglücken, und selbst dann will ich nichts anderes, als gleich am nächsten Morgen zu verschwinden. Aber dieses Menschenweibchen ist hier in meinem Haus, kümmert sich um meinen Nachwuchs und plaudert täglich mit mir und … ich liebe es.

Ich bin fassungslos darüber, wie sie in mein Leben getreten ist und meinen Sexualtrieb geweckt hat. Ich habe mich in eine sexuelle Bestie verwandelt, die nichts mehr will, als dieses Weibchen zu begatten, das sie für sich auserkoren hat. Sogar ihr Duft treibt mich in den Wahnsinn.

Ich verlasse mein Zimmer und wandere durch das Haus, um die Schlösser zu überprüfen. Natürlich kann kein Hyrrokine eindringen, aber da ich so wertvolle Wesen hier beherberge, kann ich nicht vorsichtig genug sein. Schließlich kehre ich in mein Zimmer zurück und sitze unruhig auf der Kante meines Bettes.

Ich spreize meine Beine und stelle mir vor, wie es wäre, wenn sie mir gehören würde.

Möchte ich dieses Weibchen als Gefährtin meiner Lust oder als meine Partnerin? Kann sich ein Mensch mit einem Hyrrokinen paaren? Das hat es noch nie zuvor gegeben. Menschen trifft man auf dieser Seite der vier Sektoren nicht allzu oft. Ich hatte noch nie einen im echten Leben gesehen, bevor ich Riley traf. Ich erfuhr, dass sie weder einen Partner noch Nachwuchs hat, tatsächlich ist sie sogar noch Jungfrau. Wenn ich sie nehmen würde, wäre ich ihr Erster.

Ich stöhne bei dem Gedanken daran, ziehe meine Pyjamahose herunter und hole meinen Schwanz heraus. Er ist schmerzhaft hart und tiefrot. In diesem Zustand kann ich nicht schlafen. Ich werde masturbieren müssen, um Erleichterung zu finden. Es wird nicht so gut sein wie ihre Muschi. Nichts könnte jemals so gut sein wie Rileys Muschi. Ich fahre mit meiner Klaue an meiner dicken Länge entlang und stelle mir vor, wie ich in ihre feuchte Hitze gleite. Bin ich so anders als die Männchen ihrer Art? Wird sie mich nehmen können oder werde ich ihr Schmerzen bereiten?

Schließlich gestehe ich mir ein, dass meine Gefühle, meine Triebe, mehr sind als einfache, durch Lust motivierte Begattungsinstinkte. Riley ist kein Mensch, den ich als kurzfristigen Lustgefährten haben will. Sie ist ein Weibchen, das ich als meine Partnerin will. „Meine", knurre ich.

Ich möchte diese Schenkel spreizen und die Unterschiede zwischen unseren Spezies erforschen. Ich fahre fort, mich selbst zu berühren, reibe meinen Schwanz. Wird sie genauso sein wie ein Hyrrokinen-Weibchen? Wird sie auch dort Haare haben wie auf ihrem Kopf? Ich will ihre jungfräuliche Muschi um meinen Schwanz.

Samenflüssigkeit läuft aus dem Schlitz an der Krone meines roten Schafts und macht meinen Schwanz ganz schlüpfrig. Ich lege meine Finger fest um ihn, beuge mich vor und pumpe ihn mit schnellen, vehementen Stößen. Ich keuche und meine Brust hebt sich. Ich behalte das gleichmäßige Tempo bei, meine Hand bewegt sich schneller. Meine Eier füllen sich mit Samen und werden hart. Alles, woran ich denken kann, ist mein Weibchen, ihre Hände auf mir. Ich berühre ihren süßen Körper. Sauge an ihren Nippeln. Versenke meinen Schwanz in ihrer heißen, nassen …

„Riley." Ich werfe meinen Kopf zurück und stöhne ihren Namen heraus, während mein Sperma über meine Klauen spritzt. Es spritzt immer weiter und weiter aus meinem

Schwanz heraus und das Vergnügen lässt mich fast den Verstand verlieren. Ich wünschte, ich würde gerade meinen Samen in mein Weibchen pumpen und sie mit meinem Duft bedecken.

Ich bin wirklich verrückt nach ihr.

Danach gehe ich auf die Toilette und mache mich sauber. Als ich mich umdrehe, sehe ich, dass ich die Tür einen Spalt offen gelassen habe. Ich runzle die Stirn über dieses Versehen. Gut, dass alle geschlafen haben. Ich schließe die Schlafzimmertür, drehe das Licht ab, lasse mich auf das Bett fallen und kann endlich, endlich einschlafen.

RILEY

*L*etzte Nacht habe ich Aegir durch den offenen Spalt seiner Schlafzimmertür beim Masturbieren beobachtet.

Er hat meinen Namen gestöhnt, als er gekommen ist.

Ich kann immer noch nicht glauben, dass das passiert ist.

Ich bin besessen von diesem Hyrrokinen mit den silbernen Krallen und konnte einfach nicht einschlafen, also habe ich natürlich seine schweren Schritte gehört, als er durch den Flur gegangen ist. Ich habe meine Tür geöffnet und bin hinüber zu seinem Zimmer getapst, um nachzusehen, was los ist. Was hätte ich gesagt, wenn ich ihm über den Weg gelaufen wäre? Wer weiß das schon? Ich hatte ein dünnes Tank-Top und Pyjama-Shorts an, die kaum meinen Hintern bedeckten, also hatte ich definitiv nichts Sittsames vor. Aber das … habe ich nicht erwartet.

Seine Tür stand einen Spalt breit offen und ich … Ich kann nicht glauben, was ich dann gesehen habe. Ich kriege diesen erotischen Anblick nicht mehr aus dem Kopf. Aegir, der sich die Pyjamahose herunterzieht und keuchend seinen steinharten, rot schimmernden Schwanz herauszieht und ihn heftig wichst, während er über seine ganze Hand kommt.

Und währenddessen hat er meinen Namen gesagt.

Meinen Namen.

Natürlich hatte er kein Oberteil an und sein Schwanz war *riesig*. Er war locker doppelt so groß wie der eines Menschen. Ich musste mir den Mund zuhalten, damit er das Keuchen nicht hört, das mir über die Lippen kam. Sein Teil war richtig dick und einschüchternd. Er machte mir tatsächlich ein wenig Angst.

Würde der überhaupt in mich hineinpassen?

Wird.

Nicht, *würde* er passen, sondern *wird* er passen. Oh Himmel, ich will dieses Männchen so sehr. Ich habe in meinem ganzen Leben noch nie jemanden so sehr gewollt.

Und all das Sperma, das auf seine Klauen gespritzt ist. Ich wollte so dringend in das Zimmer platzen und es für ihn auflecken. Aber stattdessen bin ich zurück in mein eigenes Zimmer gelaufen und habe mich versteckt.

Ich fächle mir Luft zu und versuche, mich abzukühlen. Ich muss aufhören, daran zu denken.

Ich stehe in seiner Küche, kümmere mich um seine kostbaren Babys, beginne unsere Morgenroutine und versuche, so zu tun, als wäre es ein normaler Tag. Als ob der Vorfall, der letzte Nacht meine Welt erschüttert hat, nicht stattgefunden hätte. Ich bin nervös und aufgeregt und meine Wangen stehen kurz davor, in Flammen aufzugehen, und das, obwohl er noch nicht einmal anwesend ist. Wie soll ich ihm in die Augen sehen und mit ihm reden, als wäre das nicht passiert? Zum Glück bin ich Aegir heute Morgen noch nicht über den Weg gelaufen. Bis jetzt konnte ich ihm aus dem Weg gehen, aber es ist nur eine Frage der Zeit.

Was soll ich sagen? Wie soll ich mich verhalten? Es erstaunt mich immer wieder, wie scharf er auf mich ist, so wie ich bin. Er findet nicht, dass ich abnehmen sollte. Er hat mich als „zerbrechlichen Menschen" bezeichnet, was totaler Schwachsinn ist. Wenn er denkt, dass ich es nicht sehe, bemerke ich seinen erhitzten Blick, der auf meinem Hintern und meinen Brüsten verweilt. Und ich liebe jede Minute davon, weil ich meine Augen auch nicht von ihm lassen kann.

Und Junge, meine Mitte pocht immer noch, sehnt sich nach seiner Berührung. Letzte Nacht habe ich es mir am Ende selbst gemacht. Sonst wäre ich wohl nie eingeschlafen. Zum Glück hatte ich meinen treuen Rabbitvibrator im Koffer, denn ohne ihn gehe ich nirgendwo hin. Wenn man bedenkt, wie deprimierend alleinstehend ich bin, sind dieser kleine Stab und ich beste Freunde. Ich war klatschnass und habe ihn mir hineingeschoben, habe so getan, als wäre es dieser herrliche rote Schwanz, und habe mich gefragt, wie anders es sich anfühlen würde, wenn Aegir mir seinen riesigen Schaft hineinstoßen würde. Sein Körper auf mir und seine Zunge in meinem Mund.

In Sekundenschnelle war ich am Ziel, ritt die Mutter aller Orgasmen aus und keuchte seinen Namen, während ich kam.

Ich warte und warte, aber Aegir kommt nicht zum Frühstück.

Was zum Teufel? Geht er mir aus dem Weg? Weiß er, dass ich ihn gesehen habe?

Ich atme aufgebracht aus und werfe einen Blick auf Kari und Loge, die fröhlich bäuchlings auf ihren Spielmatten spielen. Ich könnte hinauf zu seinem Büro gehen, an seine Tür klopfen und verlangen, dass er herunterkommt, etwas isst und sich blicken lässt, aber … dafür bin ich viel zu schüchtern, also wird das nicht passieren.

Ich brauche etwas, das mich von meinem heißen Boss ablenkt.

„Wie wäre es, wenn wir in die Küche gehen, während ich aufräume, und wir uns mit meiner Freundin Chloe unterhalten?", sage ich zu den Babys. „Gute Idee, oder?"

Sie glucksen zustimmend.

Ich nehme die Babys hoch und bringe sie an ihren neuen Platz. Ich lege sie neben mir in ihre Babywippen mit kleinen Greif-Spielzeugen für ihre Hände und Schnullern zum Nuckeln. Dann hole ich mein Tablet heraus, stelle es vor mir auf und pinge meine beste Freundin an. Während es klingelt, husche ich durch die Küche, räume eine Schublade um und versuche herauszufinden, was da überhaupt drin ist. Hyrrokinische Gewürze, Lebensmittel und Putzmittel sind mir noch ziemlich fremd.

Chloe antwortet sofort auf die Live-Video-Anfrage. Sie hat in letzter Zeit mehr Zeit, zufällige Anrufe zu beantworten, aber aus einem traurigen Grund. Ihre beiden Eltern sind im letzten Jahr verstorben und sie lebt allein.

„Hey Mädel", ruft sie mir zu, Freude in ihrem Tonfall.

„Hi", sage ich und beinahe kommen mir die Tränen beim Klang der vertrauten Stimme meiner Freundin.

„Alles okay?", fragt sie.

„Mir gehts gut. Alles gut. Ich habe nur Heimweh."

„Heimweh? Nach Neue Erde?", grunzt sie.

Ich lache. Wir beide hassen unseren Heimatplaneten; das ist eines der Dinge, die wir gemeinsam haben. Ich habe ihr gesagt, dass sie sich nicht bei meiner Arbeitsagentur anmelden soll wegen der hinterhältigen „Anfrage"-Klausel, die mir jetzt schon das sechste Jahr raubt. Sie wollte einen anderen Weg finden, von der Neuen Erde wegzukommen, blieb dann aber die letzten fünf Jahre doch dort, um ihre kranken Eltern zu pflegen. Traurigerweise starb ihr Vater letztes Jahr und ihre Mutter vor einem Monat. Und dann hat ihre jüngere Schwester einen Nachbarn am Ende der Straße geheiratet und jetzt ist Chloe ganz allein. Und das bricht mir das Herz. Meine Freundin ist eine freundliche, hart arbeitende, loyale Frau, die das Beste im Leben verdient, und ich möchte ihr helfen, es zu bekommen. Ich weiß, dass es ihr größter Wunsch ist, andere Spezies kennenzulernen und fernab unseres Planeten zu leben. Chloe hatte schon immer ihre Augen auf die Sterne gerichtet. Sie liebt es, Geschichten über meine verschiedenen Aufträge zu hören. Mein Plan war, sie mit mir nach Omega 9 mitzunehmen, damit sie dort einen Job finden und meine Mitbewohnerin sein kann. Es sollte eine Überraschung werden. Gut, dass ich es für mich behalten habe, da sich der Plan jetzt verzögert.

Ich frage mich, ob sie stattdessen nach Tarvos ziehen und unter den Hyrrokinen leben würde? Bei der Vorstellung davon, dass meine Freundin auf denselben Planeten und in dieselbe Stadt ziehen könnte wie ich, werde ich ganz aufgeregt. Ich konnte mich in den letzten Jahren mit ihr nur in meinen Urlauben treffen und wir haben fast täglich videotelefoniert und uns Nachrichten geschickt, sodass wir unsere Freundschaft über die Jahre hinweg aufrechterhalten haben. Und das, obwohl wir nicht mehr auf demselben Planeten leben, seit wir Teenager waren. Diesmal ist es auch nicht anders.

„Ich mag es einfach, von jemandem zu hören, der mich kennt, seit ich ein Mädchen war."

„Oh Schatz, ich vermisse dich auch. Sag mir, was los ist."

Ich plappere über die Babys, während ich mir die Speisekammer vorknöpfe. Dabei halte ich oft inne, um die Babys zu küssen und lustige Grimassen in Kari und Loges Richtung zu ziehen. Offenbar kann ich über nichts anderes reden als über diese beiden Lieblinge. Chloe lacht über meine Streiche, hört geduldig zu und stellt Fragen. Dann erzählt sie mir den neuesten Klatsch und Tratsch aus unserer alten Nachbarschaft und was es mit der Überraschungshochzeit ihrer Schwester mit dem Metzger am Ende der Straße auf sich hat. Ich manövriere um die Reinigungsroboter herum und werfe Dinge weg, die ihr Verfallsdatum eindeutig überschritten haben. Außerdem notiere ich mir, was wir brauchen, damit ich frische Gerichte von der Neuen Erde zubereiten kann. Ich habe herausgefunden, dass Wesen anderer Spezies menschliches Essen sehr gut finden. Ich vermute, die Hyrrokinen sind da auch nicht anders.

Ich höre, wie die Haustür geöffnet wird.

„Wer ist das?", fragt Chloe.

Ich schaue hinter mich. „Das ist Bergelmir." Ich winke und lächle ihm zu. „Er ist Aegirs älterer Bruder", erkläre ich Chloe, „und der Onkel von Kari und Loge. Er und ihre Großmutter Bestla kommen fast jeden Tag vorbei. Sie schauen vorbei und sagen Hallo."

„Sie kommen einfach so vorbei, unangemeldet? Stört dich das nicht?", flüstert meine Freundin, obwohl ich mir sicher bin, dass Bergelmir jedes ihrer Worte hören kann.

„Nein", antworte ich ehrlich. „Es stört mich nicht im Geringsten." Und das tut es wirklich nicht. Freunde und Familie sind jederzeit willkommen, wenn ich mit einem Klienten (oder Babys) arbeite, und wenn sie mithelfen und plaudern wollen, umso besser. Tatsächlich mag ich Bestla und Bergelmir umso mehr, seit ich weiß, dass sie zufällig vorbeikommen und nach meiner Arbeit sehen. Ich weiß, was sie tun und warum – sie wollen sicherstellen, dass die Babys gut versorgt werden, und das respektiere ich absolut. Ich bin froh, dass Aegir, Kari und Loge nicht allein auf der Welt sind und eine starke Familie im Rücken haben.

Bergelmir grunzt anerkennend, geht dann hinüber und

stellt sich leise an den großen, schwarz glänzenden Tresen, wo er sich eine Tasse meines Kaffees von der Neuen Erde einschenkt. Ich bringe diesen Touchstones langsam, aber sicher den Wert von Kaffee bei. Bergelmir dreht sich um und sieht Chloe durch den Bildschirm an.

„Bergelmir, das ist meine beste Freundin Chloe Chang. Chloe, das ist Bergelmir Touchstone."

Sie wird leichenblass. Ich sehe, dass sie sich sehr bemüht, ihre Angst zu verbergen, aber sie zittert förmlich und winzige Quietschgeräusche entweichen ihren Lippen.

„Ich habs dir ja gesagt."

Sie macht einen tiefen, beruhigenden Atemzug. „Und du hast nicht übertrieben."

Bergelmir wirft uns beiden einen fragenden Blick zu.

„Hyrrokinen sind wirklich furchterregend für Menschen", versuche ich zu erklären. „Es ist nur so, dass sie, ähm, aussehen wie …"

„Monster aus unseren düstersten Albträumen", flüstert Chloe mit zittriger Stimme.

„Das." Ich nicke und schenke ihm ein reumütiges Lächeln.

„Beelzebub."

„Nun, ja."

„Mephistopheles. Luzifer …"

„Okay, das reicht jetzt", sage ich. „Es ist mein Problem, oder *unser* Problem, nicht deins, und ich bin schon darüber hinweg. Chloe ist auch darüber hinweg, nicht wahr, Chlo?"

„Richtig", haucht Chloe.

Ich persönlich finde Bergelmir viel unheimlicher als Aegir. Wenn ich ihn vor Aegir im Transporterraum gesehen hätte, wäre ich wahrscheinlich in Tränen ausgebrochen. Seine Reißzähne sind länger, sein Widerhakenschweif wirkt stacheliger und er redet nie. Er ist wirklich furchteinflößend. Aber ich habe die zärtliche Art gesehen, wie er Kari und

Loge in seinen Armen hält und sie geduldig füttert, also fühle ich mich in seiner Nähe wohl. Unter dem ganzen rothäutigen Monsterterror steckt ein liebevoller Onkel.

Wir beginnen zu dritt zu plaudern. Bergelmir wirft gelegentlich ein Grunzen und eine einsilbige Antwort ein. Es ist schön.

„Was hast du gemacht, bevor du dein eigenes Unternehmen gegründet hast?", fragt Chloe ihn. Ich ziehe die Augenbrauen hoch, überrascht, dass meine Freundin diesem unheimlichen Hyrrokinen so dreist persönliche Fragen stellt. Und ich schätze, ich habe nicht richtig zugehört, weil ich nicht wusste, dass Bergelmir selbstständig ist.

„Ich habe zehn Jahre beim hyrrokinischen Militär gedient, bevor ich ehrenhaft in den Ruhestand entlassen wurde."

Ich spucke meinen Kaffee aus. Bergelmir klopft mir auf die Schulter. Ich starre schockiert zu ihm auf. Wer ist dieser Mann? Ich glaube nicht, dass ich bis jetzt einen ganzen Satz von ihm gehört habe. Offenbar muss Chloe die Fragen stellen, wenn ich will, dass Bergelmir redet.

„War dein Bruder auch Soldat?", fragt sie.

„Ja, wir haben zusammen gedient und sind zur gleichen Zeit in den Ruhestand gegangen."

„Ach wirklich? Ihr seid beide ehemalige Militärs?", sage ich und werfe einen Blick auf die tödlichen Waffen, die an Bergelmirs Oberschenkel geschnallt sind und die ich aus irgendeinem Grund bis jetzt nicht bemerkt hatte. „Hm."

Und genau in diesem Moment fängt Loge an zu weinen. Seine Position in der Babywippe macht ihn nicht mehr glücklich und er strampelt mit seinen winzigen Füßen und Rauch wabert aus seinen Nasenlöchern. Ich werfe einen Blick auf die Uhr. Schon sehr bald werde ich hier im Akkord Windeln wechseln und Fläschchen verfüttern müssen.

„Okay, Leute, das war wirklich nett, aber ich muss los, Chlo. Die Babys rufen."

„Morgen um dieselbe Zeit?", zwitschert sie.

„Klar", rufe ich ihr zu. Und dann wische ich über den Bildschirm und beende die Übertragung. Kari fängt auch an zu weinen und nun hallen die Schreie beider Babys durch die Küche und den Wohnbereich. Ich hebe den weinenden Loge aus seiner Babywippe und klopfe ihm auf den Rücken. Bergelmir nimmt dankenswerterweise Kari auf den Arm. Ich gehe die Treppe hoch und er folgt mir. „Bist du bereit, ein paar Windeln zu wechseln?", frage ich.

Ich lache, weil er panisch aussieht.

ZWEI STUNDEN später taucht Aegir auch zum Mittagessen nicht auf.

Okay, langsam nervt er mich.

Normalerweise gehe ich hinauf und klopfe an seine Bürotür, damit er eine Pause macht und mit uns isst, aber nach dem Vorfall gestern Abend bin ich zu feige, ihm gegenüberzutreten. Ich klopfe mit dem Fuß auf den Boden und schaue mich um. Ich bin unruhig und mache mir Gedanken darüber, wie ich die Babys unterhalten kann. Dann fällt mir ein, dass Bestla mir von einem Park in der Nachbarschaft erzählt hat.

Ich werfe einen Blick nach draußen und dort herrscht herrliches Hyrrokinen-Wetter.

Perfekt.

„Okay, Babys, Zeit für einen Ausflug", sage ich.

Sie glucksen beide gutmütig. Du meine Güte, ich bete die beiden an. Jetzt, nachdem sie gewickelt sind, ein kurzes Nickerchen gemacht und ihr Fläschchen getrunken haben, sind sie beide wieder glückliche Babys. Zwillinge zu versorgen ist viel anstrengender, als ich es jemals für möglich gehalten hätte. Ich dachte, es wäre ähnlich anstrengend wie die Betreuung meiner älteren Klienten. Aber … nein. Oh nein. Es ist viel anstrengender. Vielleicht, weil es zwei Babys im gleichen Alter sind? Ich habe mich bisher drei volle Tage um Kari und Loge gekümmert und jeden Nachmittag überkommt mich eine schwere Müdigkeit und ich schlafe selber, wenn die beiden ein Nickerchen machen. Normalerweise bin ich kein Mensch, der einen Mittagsschlaf braucht, aber mit diesen Babys hat sich das schlagartig geändert.

Die beiden für einen Spaziergang draußen fertig zu machen, ist ein Projekt für sich. Ich wechsle Karis Windel wieder und kurz darauf kackt sie sich so voll, dass es ihr den Rücken hinaufläuft und alles voll ist. Igitt. Ich setze Loge in eine Wippe in der Nähe, während ich seine Schwester saubermache. Endlich ist sie ganz fertig, hat eine frische Windel und ein neues Outfit an. Dann wechsle ich Loges Windel und ziehe auch ihn um, weil er es geschafft hat, sich selbst vollzuspucken, während er auf seine Schwester gewartet hat.

Dann trage ich sie beide die Treppe hinunter und hole ihren schweren Kinderwagen heraus. Ich packe eine Wickeltasche mit Notfallausrüstung, wie ich es gestern Abend im Videokanal gelernt habe. Ich habe mir ein tolles Video angesehen, in dem genau beschrieben wurde, was man für ein Hyrrokinen-Baby einpacken muss, und ich habe es mir zu Herzen genommen.

Schließlich schnalle ich die Babys an. Die Babys startklar zu machen und den Kinderwagen vorzubereiten, hat eine volle Stunde gedauert. Sie sind gefüttert, gebadet und gewickelt und es ist noch nicht Schlafenszeit. Der perfekte Zeitpunkt, um mit ihnen in die Sonne zu gehen und Spaß zu haben. Ich rolle mit ihnen hinaus in den hellen, sonnigen Tag, atme tief die frische Luft ein und lächle über die endlosen Weiten des strahlend blauen Himmels. Die Wettervorhersage für diesen Planeten ist glücklicherweise paradiesisch. Aegir lebt in der größten industriellen, kommerziellen Stadt von Tarvos, was schön ist, aber anscheinend gibt es auf diesem Planeten auch berühmte Urlaubsorte, die Spezies aus anderen Sektoren anlocken.

Wir spazieren um einen wunderschönen See herum und ich finde einen schönen grünen Park mit vielen riesigen roten und orangefarbenen Blumen nicht weit von Aegirs Haus entfernt. Ich komme mir irgendwie dumm vor, weil ich ihn bis jetzt noch nicht entdeckt habe. Und als ich näher komme, sehe ich eine Gruppe von Hyrrokinen-Müttern, die dort gemeinsam Zeit verbringen. Viele Hyrrokinen-Kinder spielen auf einem ausgeklügelten Spielplatz und rennen um eine knisternde Feuerstelle herum. Das hier ist definitiv der angesagte Ort in Aegirs Nachbarschaft.

Ich gehe hin und schaue nervös auf die Gruppe von Frauen. Ich bin ein bisschen eingeschüchtert. Schließlich bin ich die angeheuerte Nanny. Werden mich diese einheimischen Mütter akzeptieren oder werden sie wollen, dass ich auf Abstand bleibe? Ich habe keine Ahnung.

„Guten Morgen", grüßt ein Weibchen mich.

„Hallo", antworte ich sofort und bin dankbar für dieses bisschen Freundlichkeit. Ich bleibe aber in Bewegung und konzentriere mich darauf, einen Platz zu finden, der ein wenig von ihnen entfernt ist, damit sie nicht denken, dass ich störe.

„Wo wollt ihr hin?", fragt sie. „Komm und setz dich hierher, zu uns."

„Ja, bitte", schließt sich eine andere Mutter an, „wir sehen hier nicht oft neue Gesichter. Vor allem keine Menschen."

„Du bist doch ein Mensch, richtig?", fragt eine weitere aufgeregt.

„Ja, ich bin ein Mensch", antworte ich.

„Oh mein Gott, ich habe noch nie ein Exemplar deiner

Art getroffen. Wie aufregend. Wir bekommen nicht viel Besuch von anderen Spezies auf Tarvos. Ich glaube, wir sind zu weit weg von den gängigen Verkehrsrouten. Möchtest du zu uns kommen und mit uns plaudern?"

Jetzt winken mich alle fünf Frauen eifrig herbei. Ich lächle, drehe den schweren Doppelkinderwagen um und manövriere ihn so, dass ich mich auf eine Bank in der Nähe setzen kann.

„Oh, was für süße Babys. Seht euch ihre süßen Outfits an."

Ich bin so stolz, dass man meinen könnte, ich hätte sie selbst zur Welt gebracht. Loge trägt das grüne Outfit, das ich aus seinem Kleiderschrank geholt habe, und Kari trägt einen süßen lavendelfarbenen Strampler. Ich liebe es, wie ihre silbernen Krallen im Sonnenlicht glitzern und ihre schwarzen Hörner so poliert und sauber aussehen. Ich biete Kari ihren Lieblingsschnuller an. Sie scheint glücklich zu sein, in der Sonne zu entspannen, mit dem Schweif zu wackeln und unseren Stimmen zu lauschen, aber ich bin ein wenig besorgt über Loges schläfrige Miene. Er scheint es sich gerade so richtig gemütlich zu machen und ich will nicht, dass er jetzt einschläft. Also hole ich ihn aus seinem Sitz und fange an, ihn auf meinem Schoß zu wiegen, um ihn bei Laune und wachzuhalten. Babys, die einschlafen, wenn es nicht ihre Schlafenszeit ist, sind der Fluch meiner Existenz.

„Hallo, mein Name ist Sherkis Loadstone", sagt das erste Weibchen, nachdem ich mich eingerichtet habe.

Sie trägt ein gelbes Oberteil und mir fallen ihre funkelnden, hübschen Ohrringe auf. Solche will ich auch.

„Ich bin sicher, du wirst dir niemals all unsere Namen merken", lacht sie, „aber ich werde es trotzdem versuchen. Das ist Justical und die da drüben mit dem Baby, das sie gerade erst zur Welt gebracht hat, ist Lurcas."

Ich schaue hinüber und sehe eine Frau, die einen winzigen, nackten rothäutigen Säugling stillt. Ihr orangefarbenes Röhrenoberteil ist zu einer Seite heruntergezogen, um ihr säugendes Baby zu stillen. Sie lächelt mich breit an. Sherkis zählt schnell zwei weitere Namen auf, an die ich mich auch auf keinen Fall erinnern werde können. Ich lächle nur und nicke. „Schön, euch alle kennenzulernen", sage ich. „Ich bin Riley Anderson, die menschliche Nanny der Familie Touchstone. Dieses kleine Mädchen ist Kari und dieser hübsche Junge auf meinem Schoß ist ihr Bruder, Loge Touchstone."

„Die Touchstones? Oh wow, du arbeitest für Aegir Touchstone?", fragt Justical.

„Ja."

Alle fünf Weibchen stoßen einen kollektiven, verträumten Seufzer aus.

Ich blinzle verwirrt.

„Du darfst Aegir Touchstone jeden Tag sehen?", sagt Sherkis, als ob ich das glücklichste Mädchen auf dem Planeten wäre.

„Ja, genau, so ist es. Er arbeitet von zu Hause aus und mein Zimmer ist im selben Haus."

„Wow, du bist wirklich das glücklichste Weibchen auf dem Planeten", sagt die Mutter mit dem winzigen Baby.

Was zum Teufel ist hier los? Woher kennen sie überhaupt die Touchstones? „Woher wisst ihr alle, dass mein Arbeitgeber Aegir heißt?"

Sie brechen in Gelächter aus, wahrlich amüsiert über meine Frage.

„Du weißt es nicht?"

„Nein, ich glaube nicht, dass sie es weiß."

„Was weiß ich nicht?"

„Mädchen, Aegir Touchstone ist eine der reichsten Hyrrokinen des Planeten!"

„Was? Nein. Auf keinen Fall. Er ist nicht …" Ich sehe mich um. Diese Gemeinde ist nett, wirklich nett, aber ich würde nicht sagen, dass Aegirs Lebensstil „reichster Mann auf dem Planeten" schreit. Er ist nicht überheblich und stellt seinen Reichtum und Status nicht zur Schau. Ich fühle mich bei ihm und seiner Familie wohl. Sie behandeln mich nicht einfach nur wie die exotische, teure Nanny, die sie eingestellt haben. Und das gefällt mir. Sogar sehr.

Sherkis lacht. „Das ist er. Er ist der Erfinder von … na, von …" Sie winkt mit der Hand. „Oh, wie erklärt man das?"

„Es ist eine Art Finanzding", sagt Lurcas. „Mein Partner spricht ständig darüber. Er sagt, dass er es die ganze Zeit benutzt und es hat uns eine Menge Geld eingebracht."

Meine Gedanken schweifen zu Aegirs Büro. Die High-tech-Videobildschirme und all die Auszeichnungen in seinen Regalen. „Wow. Ich dachte, Aegirs einzige große Ausgabe im Leben wäre, ein menschliches Nanny einzustellen und vielleicht seinen Sportwagen zu kaufen. Ich weiß, dass er gut situiert ist, aber ich wusste nicht, dass –"

„Oh, er ist mehr als nur gut situiert. Er ist ein Milliardär."

Mir fällt die Kinnlade herunter. „Milliardär?" Aegir? Mein Aegir ist ein Milliardär?

„Aegir Touchstone ist reich und berühmt. Jeder auf dem Planeten weiß, wer er ist, und jeder verfolgt sein Leben. Er ist ein Held hier auf Tarvos. Der Präsident hat ihm letztes Jahr eine Ehrenmedaille für seine Fortschritte im Finanz-wesen verliehen."

„Aegir?"

„Oh, und obendrein ist er ein Einsiedler. Die Touchs-tone-Brüder gehen nie aus und sie verabreden sich nicht. Das ist ein weiterer Grund, warum wir dich dafür benei-den, dass du ihn jeden Tag zu Gesicht bekommst. Kaum jemand sieht einen der beiden Männer jemals im echten Leben."

„Das ist ein Teil ihrer Mystik", sagt Sherkis. „Wir leben hier in der gleichen Gemeinde wie Aegir Touchstone, aber selbst *wir* sehen ihn nie. Wenn er das Haus verlässt, dann immer in seinem dunklen, superteuren Sportwagen."

„Und die Scheiben sind getönt", schimpft eine Frau mit schmalem Gesicht. „Hey, bekommst du auch Bergelmir Touchstone zu sehen? Besucht er euch im Haus?"

„Oh ja, das tut er. Ich habe gerade heute Morgen mit Bergelmir gesprochen. Er war da und hat mir beim Füttern und Wickeln geholfen."

Sie quietschen vor Freude, lachen und schubsen einander gegenseitig.

„Sie hat erst heute Morgen mit ihm gesprochen! Das heißt, er war hier, in unserer Gemeinde. Ich war nur eine Straße von Bergelmir Touchstone entfernt."

„Kannst du das glauben? Er wechselt Windeln."

„Ich glaube, ich werde ohnmächtig."

„Welcher der Brüder dürfte sich um eure Babys kümmern?"

„Ich will beide."

„Nein, ich will nur Aegir."

„Ach, halt die Klappe. Bergelmir ist hübscher als Aegir."

„Nein, ist er nicht. Aegir ist eindeutig attraktiver."

Es folgt eine lange, hitzige Diskussion über den Attraktivitätsgrad der beiden Brüder, während ich versuche, nicht in Gelächter auszubrechen. Am Ende sind sich alle einig, dass Bergelmir schöner ist, weil seine Reißzähne etwas länger sind und sein Widerhakenschweif tödlicher ist. Ich kriege mich nicht mehr ein.

„Riley, hast du die Mutter der Babys kennengelernt?", fragt Lurcas.

Und dann werden alle fünf Weibchen still und starren mich an.

„Jeder hat gehört, was diese Schlampe, Kritan Softstone, abgezogen hat", sagt Justical. „Stimmt es, dass sie ihn ausgetrickst hat, damit er sie schwängert?"

„Ja. Das ist wahr", antworte ich. „Die Sache läuft gerade bei Gericht. Und nein, ich habe sie nicht kennengelernt." Ich hoffe sogar, dass es dazu nie kommen wird. Was habe ich einer Frau zu sagen, die Aegir so schrecklich behandelt und ihre Babys weggeworfen hat wie Müll?

„Uff. Das arme Männchen ist ein Einsiedler, der selten ausgeht oder sich verabredet. Und Kritan bringt ihn dazu, mit ihr auszugehen, und auch dazu, sich mit ihr zu vergnügen, lässt sich auch noch von ihm schwängern –"

„Ich habe gehört, sie hat ihn unter Drogen gesetzt. Hat ihm etwas in seinen Drink getan."

„Ich wette, dass sie auch Medikamente genommen hat, um sicherzustellen, dass sie fruchtbar ist. Deshalb ist sie auch von diesem einen Mal mit ihm mit Zwillingen schwanger."

„Oh, ich wette, du hast recht."

„Wirklich, was für eine Schlampe."

Sie drehen sich alle um und sehen mich wieder an.

„Nun, jeder auf Tarvos wünscht den Touchstone-Brüdern alles Gute", erklärt Sherkis, „und wir alle verfolgen, was mit seinen Babys passiert. Jeder hofft auf einen guten Ausgang. Es wäre nur richtig, dass die Gerichte zu Aegirs Gunsten entscheiden."

„Ich denke, es ist gut, dass er eine menschliche Nanny eingestellt hat", bringt Lurcas hervor, während sie ihren Säugling an die andere Brust anlegt. „Die beiden Babys ganz alleine großzuziehen, wäre unmöglich."

Alle drehen sich um und schauen zärtlich auf Loge, der auf meinem Schoß sitzt, und auf Kari im Kinderwagen. „Arme Babys", gackern ein paar von ihnen und schütteln den Kopf.

„Aber wenigstens haben sie dich", sagt Sherkis. „Aegir hat eine menschliche Nanny eingestellt, etwas Besseres hätte er nicht finden können, also ist sein Nachwuchs in guten Händen."

„Oh, danke, dass du das sagst." Ich werde rot. „Ich bemühe mich. Das tue ich wirklich. Ich möchte, dass sie ein gutes Babyleben haben." Ich beuge mich hinunter und küsse Loge auf seinen süßen Kopf, direkt neben seinen winzigen Hörnern. „Ich versuche mein Bestes, um sicherzustellen, dass sie alles haben, was sie brauchen."

„Es muss hart sein, in dieser Situation allein mit Aegir zu leben", sagt Lurcas. „Ich weiß nicht, wie du das machst."

Ein zustimmendes Gemurmel geht durch die Gruppe.

„In welcher Situation?", frage ich unschuldig.

„In welcher Situation?", lacht Justical. „Menschenweibchen, du lebst mit dem hübschesten und reichsten Mann des Planeten zusammen und er ist technisch an eine andere gebunden. Das heißt, du kannst ihn nicht berühren und er kann dich nicht berühren. Das wäre für jeden von uns eine Folter."

„Oh", keuche ich und meine Wangen müssen mittlerweile tomatenrot sein. „Oh, so ist es nicht. Er ist nur mein Chef", sage ich, während meine Gedanken zu dem Moment gestern Abend zurückkehren, als Aegir meinen Namen gestöhnt hat, während er Sperma über seine Klaue verspritzt hat.

„Mhm."

„Nein, wirklich", sage ich und erinnere mich daran, wie ich meinen Rabbitvibrator ausgepackt und seinen Namen gestöhnt habe, als ich härter gekommen bin als je zuvor in meinem ganzen Leben. Und wie er gesagt hat, dass er mich unter sich haben würde, wenn es nicht rechtlich verboten wäre. Woher wissen sie, was zwischen uns läuft? Spionieren sie uns nach?

„Du hast keinen Partner?", fragt eine der Mütter.

„Ja, ich bin single."

„Mädchen", kichert Sherkis. „Ich gebe dir zwei Mondzyklen, dann bist du an dieses Männchen gebunden."

„Ja." Zwei der anderen Weibchen nicken zustimmend.

„W … Was?"

„Lasst uns darauf wetten", sagt Justical zu den anderen. „Ich sage, ein Mondzyklus und sie sind offiziell verbunden."

„Nee, ich gebe ihnen drei", entscheidet Lurcas. „Aegir ist bekannt dafür, ein Einsiedler zu sein. Es könnte länger dauern, bis er sieht, was direkt vor seiner Nase ist."

„Und", gibt Sherkis zu bedenken, „es könnte dauern, bis die Gerichte eine Entscheidung treffen. Kritans Vater ist ein mächtiges Männchen. Es wird Widerstand geben, was die Möglichkeit, sich an ein anderes Weibchen zu binden, hinauszögern könnte."

„Nein." Ich schüttle den Kopf. „Nein. Meine Damen, ich bin nur für die Arbeit hier. Ich bin die Nanny. Aegir ist mein Boss und ich bin seine Angestellte. Ich kümmere mich um seine Babys, während er arbeitet. Und ich bin, ich bin …" Ein Niemand. Aegir ist eine Art hyrrokinischer Milliardärs-Held und ich bin nur ein Waisenkind, das seinen Heimatplaneten verlassen hat, weil es dort keine Perspektiven hatte. Und es ist nicht so, dass menschliche Männer sich darum gerissen haben, mich zu heiraten und mir einen Ring an den Finger zu stecken.

„Menschenweibchen, du bist bezaubernd", stellt Sherkis fest. „Du bist offensichtlich ein Weibchen, auf das er sich verlassen kann, und das ist es, was er in seinem Leben braucht. Er wird dir nicht widerstehen können."

Ich lache laut auf. „Das ist lieb von dir, aber glaub mir, auf meinem eigenen Planeten bin ich Durchschnitt. Tatsächlich werden viele menschliche Männer durch mein Gewicht abgeschreckt."

„Gewicht?"

Sie sehen einander erschrocken an.

„Wovon redet sie?"

„Was soll das überhaupt bedeuten?"

„Ich denke, dein einziger Fehler ist, dass du ein paar

Muskeln zulegen musst", sagt Justical. „Nun, und bitte versteh das nicht falsch, die Haare auf deinem Kopf sind ein wenig seltsam, aber ich bin sicher, Aegir kann darüber hinwegsehen. Du bist recht klein und zerbrechlich, aber ich bin sicher, wenn du länger auf Tarvos lebst und unsere gesunde Luft atmest, wirst du stärker werden."

„Ich denke, Aegir Touchstone sollte sich mit einem Hyrrokinen-Weibchen verbinden, nicht mit einem Menschen", murrt eine der Mütter.

„Ach, ignoriere sie", sagt Lurcas, „Akril ist nur eifersüchtig. Es ist egal, ob Aegir mit einem Menschenweibchen oder einer Hyrrokinin endet. Solange er glücklich ist und für seine Kinder gesorgt wird. Und wenn du das bist, was ihn glücklich macht, dann soll es so sein."

Das ist so lieb von ihr, dass ich den Tränen nahe bin.

„Bei den Göttern, ich wäre gerne ein Käfer an der Wand dieses Hauses", ruft Justical aus. „Aegir Touchstone kümmert sich um seine Zwillingsbabys. Ich wette, sie schlafen auf seiner Brust ein."

Sie alle seufzen vor Entzücken.

„Ich möchte sowohl Aegir als auch Bergelmir Touchstone mit den Zwillingen sehen. Fotos mit dem Papa und mit dem Onkel."

„Oh!"

Ich schwöre, diese Frauen schwärmen so heftig, dass sie sich frische Luft zufächeln müssen.

„Nun, wisst ihr", sage ich, „ich habe gestern Abend ein paar Fotos von Aegir mit seinen Babys gemacht, die ich ganz süß fand. Ich habe ihm gesagt, er soll anfangen, sie zu posten, wenn auch nur für seine Freunde und Familie. Aber Aegir hat gesagt, dass er kein öffentliches Profil hat. Er hat gesagt, ich könnte eines für ihn einrichten. Ich könnte dafür sorgen, dass ihr alle davon erfahrt, damit ihr ihm folgen könnt."

„Wenn du ein Intelgram-Profil für ihn anlegst, das Aegir

und seine Babys zeigt, und wenn du auch Bilder noch von seinem Bruder hineinstellst – das wird der heißeste Kanal auf dem Planeten. Das wird sich verbreiten wie ein Lauffeuer. Du wirst noch das Netz lahmlegen."

Wirklich? Nun, ich schätze, ich sollte gleich mal damit anfangen.

AEGIR

*I*ch verlasse irgendwann mein Büro und treffe auf Riley, die den Flur entlangläuft und versucht, Kari und Loge gleichzeitig zu tragen, so wie ich es immer tue. Aber sie ist ein zerbrechlicher Mensch, der versucht, die Arbeit eines ausgewachsenen Hyrrokinen-Männchens zu machen, also gehe ich zu ihr und nehme ihr Kari ab.

Ein zaghaftes Lächeln kreuzt ihre exotischen Züge und lässt wieder diese Hitze in meiner Brust aufglühen.

Ich schaue hinunter in die funkelnden schwarzen Augen meines kleinen Mädchens und merke, wie sehr ich meinen Nachwuchs vermisst habe. Ich versuche, all die wichtigen Angelegenheiten nachzuholen, die ich liegen und stehen gelassen habe, als die Babys mein Leben von einem Tag auf den anderen auf den Kopf gestellt haben. Heute habe ich vor Tagesanbruch mit der Arbeit begonnen und bis zum späten Nachmittag durchgearbeitet, aber jetzt bin ich fest entschlossen, den Rest des Tages mit Kari und Loge und dem Menschenweibchen zu verbringen, an das ich nicht aufhören kann zu denken.

Und hier ist sie.

Im Laufe der Jahre habe ich mir einen festen Stamm von Kunden, Lieferanten und Geschäftsbeziehungen aufgebaut. Meine drei exzellenten virtuellen Assistenten sorgen dafür, dass das alles reibungslos abläuft, damit ich das tun kann, was ich am besten kann – meine Bildschirme einschalten und den Arbeitsablauf der von mir erstellten Finanznetzprogramme überwachen. Ich habe ein riesiges Team von Hyrrokinen angeheuert, die von zu Hause arbeiten, um Daten in Echtzeit zu prüfen und zu validieren, und ich miete Platz in einem riesigen externen Video-Netz-Verteilungszentrum, um meinen Service für die Bürger von Tarvos zu betreiben und zu streamen.

Mein Leben als alleinstehender Hyrrokine beinhaltet einen intensiven Alltag, der keinen Gedanken daran zulässt, persönliche Beziehungen zu anderen Wesen aufzubauen, die nicht mit der Arbeit zu tun haben. Meine eigenen Wünsche und Bedürfnisse hatten Priorität, zusammen mit dem gelegentlichen Gespräch mit meiner Mutter und meinem Bruder, damit sie wussten, dass ich noch am Leben bin. Aber jetzt, wo ich Nachkommen habe und meine zukünftige Partnerin mit mir in meinem Haus lebt, muss ich diese Praktiken ändern. Ich bin nicht länger ein alleinstehender Hyrrokine. Stattdessen bin ich ein Mann mit Nachkommen und einer Partnerin, um die ich mich kümmern muss.

Und das stört mich nicht im Geringsten. Ich bin dankbar für diese Veränderung. Dankbar für diese Wesen, die in mein Leben getreten sind und mich schnell in einen Hyrrokinen-Familienvater verwandelt haben.

Ich bemerke, dass Riley ihren Blick abwendet und sich auf die Lippe beißt, als wir die Treppe hinuntergehen. Hmm.

Warum ist sie heute nicht zu mir gekommen und hat verlangt, dass ich eine Pause mache? Das hat sie die letzten beiden Tage für mich getan und ich muss zugeben, dass ich ihre Hartnäckigkeit genossen habe. Aber ich habe sie heute noch gar nicht gesehen. Tatsächlich habe ich sie seit gestern Abend nicht mehr gesehen.

Habe ich durch meine Abwesenheit ihre Gefühle verletzt?

„Es tut mir leid, dass ich den ganzen Tag beschäftigt war", sage ich und es fühlt sich völlig ungewohnt an, über meine Zeit mit einem anderen Wesen Rechenschaft ablegen zu müssen. „Ich musste an einem Video-Meeting teilnehmen, das begann, als du noch geschlafen hast, und dann ging es den ganzen Tag mit Projekten weiter. Jetzt habe ich einfach abgeschaltet und bin gegangen."

Sie nickt mir knapp zu. „Ich gehe Kaffee kochen", sagt sie. „Willst du welchen?"

„Ja." Ich würde alles tun, um in ihrer Nähe zu sein.

Ich folge ihr in die Küche und beobachte wieder einmal, wie ihr Hintern unter der kurzen Hose schwingt. Wir spielen dasselbe Ritual durch wie jeden Abend. Wir beide werden zu einer gut geölten Baby-Pflege-Maschine. Gemeinsam suchen wir das Abendessen aus und bereiten es zu, und am Ende sitzen wir mit Platten von gebratenem Fleisch „auf Hyrrokiner Art" und je einem Baby auf dem Schoß am Tisch.

„Ich habe dich heute vermisst", platze ich heraus.

„Wirklich?" Ihre Wangen färben sich in diesem charmanten Rosaton. Und dann schaut sie weg und antwortet nicht. Was ist heute nur los mit ihr? Sie verhält sich anders.

Ich frage sie wieder persönliche Dinge, denn ich möchte mehr über Riley Anderson erfahren, das schöne, komplexe Wesen, das sich so wunderbar um mich und meine Babys kümmert. Und ich habe bereits gelernt, dass es Riley glücklich macht, wenn ich sie ermutige, von sich selbst zu erzählen. Diesmal frage ich gezielt, ob sie gut mit ihrer Arbeitsvermittlungsagentur zurechtkommt. Ich freue mich, als sie sich öffnet und mir von ihren Sorgen erzählt.

„Ich spreche normalerweise mit niemandem davon, außer

mit Chloe. Ich kann nicht glauben, dass ich das vor dir zugebe, aber ..."

Ich finde heraus, dass sie eigentlich für ein Jahr bei der Agentur unter Vertrag stehen sollte, aber stattdessen in einem fünf Jahre andauernden Knebelvertrag feststeckt. Ich verfluche diese Wesen in die Hyro-Hölle und mache mir eine geistige Notiz, morgen früh meinen Anwalt anzurufen und mich darum zu kümmern. Es kann nicht sein, dass mein Weibchen irgendeiner beliebigen Firma „gehört". Und wenn ich sie aus diesem Vertrag herauskaufen muss. Außerdem ärgert mich der Gedanke daran, dass ahnungslose Wesen in eine Art Leibeigenschaft gezwungen werden. Ich werde persönlich das intergalaktische Wirtschaftsbüro alarmieren.

Sie zuckt mit den Schultern. „Es war schwierig, aber ich habe es geschafft, damit zu leben. Und ich genieße meinen Job wirklich, nur nicht die Wesen, die die Agentur leiten."

Ein Knurren grollt in meiner Brust.

„Pass auf", lacht sie und gähnt gleichzeitig, „du machst noch den Kaffeebecher kaputt, wenn du nicht aufpasst."

Ich schaue nach unten und sehe, dass ich meine Tasse viel zu fest umklammert halte.

„Ich muss dir noch etwas anderes gestehen", sagt sie. „Etwas, das ich dir wahrscheinlich schon am ersten Tag hätte sagen sollen, aber ich war nervös."

Ich blinzle. „Was?"

Sie holt tief Luft und schluckt schwer. „Ich habe noch nie mit Babys gearbeitet. Ich bin eigentlich auf Altenpflege spezialisiert und bevor ich hier angekommen bin, habe ich noch nie eine Windel gewechselt. Das musste ich erst lernen."

Ich stoße einen Seufzer der Erleichterung aus. „Das wusste ich schon."

„Wirklich?"

„Ich wusste alles über dich." Nun, außer ihrem Alter und

ihrem tatsächlichen Aussehen. Offensichtlich habe ich das vor ihrer Ankunft nicht genau genug überprüft. Ich schätze, ich dachte, es würde keine Rolle spielen. Aber das tut es. Und wie es das tut.

„Was? Ich … ich …"

Ich ziehe eine Augenbraue hoch. „Glaubst du, ich würde einen Wildfremden auf meinen Nachwuchs aufpassen lassen?"

„Oh, ich denke nicht. Ich …"

„Nein. Würde ich nicht. Ich habe mein Sicherheitsteam angewiesen, dich auf Herz und Nieren zu prüfen. Bevor du überhaupt hier angekommen bist, hatte ich bereits deinen kompletten Lebenslauf vorliegen und überprüft. Ich habe nichts gefunden, was deine Kündigung rechtfertigen würde."

„Aber ich habe noch nie mit Babys gearbeitet. Hat dich das nicht gestört?"

„Nein." Ich benutze den Lieblingsspruch meiner Mutter. „Menschen können wunderbar mit den Alten umgehen, genauso wie mit den Jungen. Deine Spezies besitzt eine natürliche Gabe, was das angeht. Menschen sind in den vier Sektoren berühmt für ihre Fähigkeit, intensive Bindungen zu Wesen aufzubauen, selbst wenn sie nicht ihrer eigenen Spezies angehören."

Ich kann sehen, dass es ihr gefällt, mich so über ihre Spezies sprechen zu hören.

„Aber hat es dich nicht gestört, dass ich bei meinem letzten Praktikum aus dem Haus Ulmath diese Ein-Stern-Bewertung bekommen habe?"

Ich stoße eine schwarze Rauchwolke aus. „Ich hatte schon mit dieser Familie zu tun. Deshalb nehme ich nicht alles, was diese Angeber sagen, für bare Münze."

„Oh. Es war sowieso eine gefälschte Bewertung. Ich habe Lorinda gebeten, sie für mich zu veröffentlichen, damit ich aus meinem Vertrag rauskomme."

„Hmm. Gute Idee. Wie bist du dann bei mir gelandet, wenn du endlich einen Ausweg gefunden hattest?"

Sie lächelt. „Es ist alles deine Schuld."

„Meine?"

„Du hast sofort eine menschliche Nanny angefordert und ich war der einzige verfügbare Mensch."

Ich setze mich aufrecht hin. Habe ich den Lebensplan dieser Frau ruiniert? Ich blinzle sie an, unsicher, was ich tun kann, um es wiedergutzumachen.

„Oh, sieh nur, was ist das?" Sie zeigt aus dem Fenster.

In der Einfahrt vor dem Haus bewegt sich etwas. Die Sonne geht mit einem spektakulären Schauspiel aus orangefarbenen und violetten Tönen unter und ich kann die Reflexionen an dem Fenster ihres brandneuen Fahrzeugs sehen. „Oh", antworte ich beiläufig, „es ist endlich da." Ich fange an, breit zu grinsen. Hoffentlich wird *das* die Dinge ändern.

„Was ist da?"

„Das Autohaus liefert gerade dein neues Nutzfahrzeug der Serie X5."

„Mein neues ... Was?" Ihre Stimme verstummt, als sie mit Kari im Arm aufsteht und sich an das Fenster stellt, um zu beobachten, wie das riesige schwarze Fahrzeug in der Einfahrt hält. Ich gehe ebenfalls zum Fenster und stelle mich neben sie, mit Loge in meinen Armen. Ich bin zufrieden mit dem Aussehen des X5, den ich ungesehen gekauft habe. Ein elegant gekleideter Hyrrokine steigt aus und lässt ihn für mich vorne stehen. Mein Grinsen wird noch breiter, als er eine riesige rote Stoffschleife auf der Motorhaube des Fahrzeugs platziert. Perfekt!

Riley wirbelt herum. „Das hast du bestellt, für mich?"

Loge gluckst in meinen Armen. Ein winziges bisschen Rauch wabert aus seinen Nasenlöchern. Ich fahre mit einer Kralle über seine perfekten Jährlingshörner und antworte: „Ja. Gefällt dir dein neues Geschenk?"

„Ich … ich … Aegir, das ist zu viel."

„Zu viel? Nein, ist es nicht, es ist von der gleichen Firma, die mein Fahrzeug produziert hat."

„Genau, das ist nichts, das du deiner Nanny kaufen solltest", sprudelt es aus ihr heraus.

Ich bin verwirrt. Ist sie wütend? Warum sollte sie wütend darüber sein, eine X5-Serie zu bekommen? Bei der letzten Intergalaktischen Fahrzeugschau war es der Wagen des Jahres. Normalerweise stehen die Wesen dafür monatelang auf der Warteliste, aber ich habe es geschafft, ihn in ein paar Tagen für sie zu besorgen. „Ich möchte, dass du das hast, was ich habe", sage ich. „Und du bist nicht nur meine Nanny."

„Das bin ich", wimmert sie.

„Du gehörst zu mir", sage ich zu ihr. Wie kann sie das nicht wissen? Ich würde mehr sagen, aber ich bin an die Ehre gebunden, keine weitere Beziehung anzustreben, also schlucke ich all die Emotionen hinunter, die exponentiell wachsen, wenn sie in meiner Nähe ist.

„Hör auf damit." Sie schüttelt den Kopf. „Du hast recht gehabt."

„Wer hatte recht?"

„Ich habe heute ein paar Mütter aus der Gegend getroffen, drüben im Park. Wir haben uns unterhalten und sie wussten, wer du bist, und haben mich über deinen Reichtum aufgeklärt."

Ich zucke mit den Schultern. „Ich verfüge zufällig über ein beträchtliches Vermögen."

„Es ist also wahr?"

„Ja, ich bin reich." Und ich bin auch verdammt stolz darauf. Ich habe hart gearbeitet, um dieses Portfolio aufzubauen. Meine Philanthropie ist bekannt, aber hauptsächlich verwende ich mein Geld, um es in mein Geschäft zu reinvestieren. Ich baue eine innovative Infrastruktur auf, die mein Finanzprogramm schließlich auf alle vier Sektoren ausweiten wird. Diese Infrastruktur wird auch dem doppelten Zweck dienen, das gesamte Kommunikationssystem auf dem Planeten auf 100G aufzurüsten, das ich dann den Bürgern von Tarvos nutzungsfrei zur Verfügung stellen werde. „Ich dachte, du wusstest, dass ich in Ressourcen habe."

„Natürlich wusste ich, dass du reich bist. Du hast mich eingestellt und du kannst dir dieses unglaubliche Auto leisten, das du fährst, und das hier ist ein wirklich schönes Haus, aber Aegir, du bist nicht einfach reich, du bist ein verdammter Milliardär. Mir wurde gesagt, dass du das reichste Wesen auf diesem Planeten bist."

Das stimmt. Das bin ich. „Bist du wütend, weil ich viel Geld habe?", frage ich. Das muss die einzige Frau in den ganzen vier Sektoren sein, die sich darüber aufregt, dass das Männchen, das sie begehrt, ein Milliardär ist. Ich runzle die Stirn. „Außerdem ist mein Auto nicht unglaublich."

„Die Tatsache, dass du reich bist, ist mir nicht neu. Ich habe schon für viele reiche Wesen gearbeitet. Mein letzter Auftrag war auf dem Anwesen der Familie Ulmath auf Chronos. Ich bin an Villen und Paläste gewöhnt, an viel Personal und leere Räume am laufenden Band, die mit ausgefallenen, unbenutzten Möbeln eingerichtet sind. Ich habe mit Wesen gelebt, die weit gereist sind und im Durchschnitt drei verschiedene Wohnungen hatten. Die Dinge wie persönliche Luxus-Raumschiffe und manchmal ganze Planeten besitzen."

Ich runzle die Stirn und schüttle den Kopf. „Ich lebe nicht auf diese Weise. Ich ziehe es vor, ruhig und komfortabel zu leben, während ich meine Privatsphäre schütze. Mein Vermögen ist einfach ein Werkzeug. Es erlaubt es mir, meine Ideen zu verwirklichen, die hoffentlich anderen helfen werden. Es gibt mir die Freiheit zu tun, was ich will, und dafür zu sorgen, dass meine Familie alles hat, was sie braucht."

„Ich denke, anfangs habe ich vermutet, dass du, Bergelmir

und Bestla aus Verzweiflung euer Geld zusammengelegt hättet, um eine Nanny für Kari und Loge zu finden, und ich würde euch aus der Patsche helfen."

Ich presse meine Lippen aufeinander. „Aber stattdessen findest du heraus, dass ich ein Milliardär bin, und du bist … enttäuscht?"

Sie stößt einen Atemzug aus. „Es gibt mir das Gefühl, dass wir keine ebenbürtigen Wesen sind. Was haben wir schon gemeinsam, wenn du so reich und mächtig bist? Warum solltest du überhaupt …"

„Ich will dich mehr als jedes andere Weibchen, das ich je in meinem Leben begehrt habe."

Sie starrt mich schockiert an. „Nein."

„Doch."

„Nun, ähm, ich … ich will nur nicht, dass du denkst, ich bleibe hier bei dir und den Zwillingen wegen des Geldes oder wegen solcher Geschenke." Sie macht eine verwerfende Handbewegung in Richtung des in der Einfahrt geparkten Fahrzeuges. „Ich bin hier, weil die Agentur zugestimmt hat, mir einen dreifachen Bonus zu bezahlen, eine Transporterreise und ein Upgrade für meine eventuelle Wohnung auf Omega 9. Aber in Wirklichkeit habe ich diesen Auftrag angenommen, weil ich es mir dadurch leisten konnte, Chloe zu sponsern und sie mitzunehmen. Das waren die ursprünglichen Gründe, warum ich gekommen bin. Aber jetzt bleibe ich, weil …"

„Warum bleibst du jetzt hier?"

„Ich bleibe jetzt, weil ich Kari und Loge ins Herz geschlossen habe und ich mir nicht vorstellen kann, sie zu verlassen."

„Gibt es noch einen anderen Grund?"

„Ich mag dich auch, okay, ich mag dich. Du bist mein Freund."

„Wir sind Freunde?"

„Ja, du bist nicht nur mein Boss, du bist auch mein Freund. Deshalb will ich nicht, dass es nur um Geld geht. Deshalb mache ich mir Sorgen darüber, dass du ein Milliardär bist. Ich will nicht, dass du mir Dinge kaufst, die ich nicht brauche, wie dieses riesige, lächerlich teure Auto. Ich kann es mir nicht leisten, dir vergleichbare Geschenke zu machen. Es fühlt sich nicht richtig an."

Ich verstehe, was sie mir sagen will. Sie möchte die Möglichkeit haben, sich mir ebenbürtig zu fühlen. Das ist nachvollziehbar. Aber ich habe vor, sie zu meiner Lebenspartnerin zu machen, und damit wird sie rechtlich mein gesamtes Vermögen teilen. Dann werden wir ebenbürtig sein. Aber das kann ich ihr noch nicht erzählen. Dafür ist es noch zu früh. „Riley, lass mich das für dich tun. Kannst du mir verzeihen, dass ich ein Milliardär bin, und mich dir dieses Fahrzeug schenken lassen?"

Sie lacht herzhaft. „Ja. Ich schätze, ich kann dir verzeihen, dass du ein Milliardär bist."

Ich möchte sie in meine Arme ziehen und ihr einen Kuss geben. Ich starre gerade auf ihre Lippen, als sie etwas Beunruhigendes sagt.

„Ich will nicht als vorübergehende Lustgefährtin irgendeines reichen Wesens enden. Das ist nicht meine Art. Mein Verstand und mein Herz funktionieren nicht so."

„Das ist es, was du deiner Meinung nach für mich bist?"

„Das ist es, was ich für dich bin. Ja."

„Da irrst du dich aber."

„Du sagst, dass du mich willst, dass ich, wenn du diese rechtliche Verpflichtung nicht hättest ..."

„Dass du schon unter mir liegen würdest. Ja, genau das würde passieren. Ich will nicht, dass du gehst."

Sie schüttelt den Kopf. „Ich hatte vor, nicht länger als ein Jahr hier zu sein. So lange haben meine anderen Aufträge im Durchschnitt gedauert. Ich werde nicht sofort gehen, das haben wir schon besprochen. Du willst ja keinen anderen Menschen, erinnerst du dich? Ich denke, du wärst mit jemand anderem besser dran. Jemand, der eine echte Nanny ist, die sich auf Babys spezialisiert hat. Jemand, bei dem du dir keine Sorgen machen musst, dass er oder sie …" Ihre Wangen erröten.

„Was?", frage ich. „Was bereitet dir Kummer …?"

„Was ist, wenn ich einen Fehler mache und mich dir gegenüber unprofessionell verhalte?"

„Bitte tu etwas Unprofessionelles", flehe ich sie an.

Sie rollt mit den Augen und wiegt Kari in ihren Armen. „Aegir. Hör auf."

„Ich genieße deine Gesellschaft", sage ich zu ihr. Ich habe das schon einmal gesagt, aber es ist wichtig, dass ich es wiederhole. Sie versteht nicht, wie sehr ich normalerweise andere Hyrrokinen verabscheue. Ich bin ein echter Introvertierter, der zwar in der Lage ist, über das Video-Netz zu kommunizieren, aber sehr viel Zeit allein braucht. Und doch möchte ich sie jede Sekunde des Tages bei mir haben. Mit meinem Nachwuchs und auch bei mir im Bett, wo sie meinen Schwanz nimmt. Es ist unglaublich. Ich habe mir noch nie so sehr gewünscht, mit einem anderen Wesen zusammen zu sein. Sie ist meine Lebenspartnerin, das ist die einzige Erklärung. Aber ich kann mich nicht an sie binden, also versuche ich mein Bestes, ihr meine Gefühle mitzuteilen, damit sie sieht, wohin es mit uns führen wird. Ich kann dieses wunderbare Menschenweibchen nicht verlieren. Ich bin ein Einsiedler, der es hasst, Geld auszugeben. Ich habe immer vermutet, dass Frauen, wenn sie mein wahres Ich kennenlernen würden, schreiend davonlaufen würden. Und doch wohnt Riley mit mir zusammen und scheint mit mir glücklich zu sein. Ich kann von Glück reden, dass sie mich überhaupt als zukünftigen Partner in Betracht zieht.

Sie ist nicht nur meine Lustgefährtin, sie ist die Mutter aller zukünftigen Touchstones.

„Ich fühle mich sehr wohl mit dir in meinem Haus", fahre ich fort, „und damit, wie du dich um meine Kinder kümmerst. Ich weiß, dass du anfangs besorgt warst, dass es schwierig werden könnte, wenn wir beide hier den ganzen Tag zusammenarbeiten, aber wir machen das richtig gut. Es gibt keine anderen Weibchen in meinem Leben, nur dich und meine Mutter. Ich werde dir zeigen, was du mir bedeutest. Wir werden das hier üben und zusammenleben, als wärst du meine Partnerin. Du wirst dieses Fahrzeug benutzen, das ich nicht nur für dich, sondern auch für meine Nachkommen gekauft habe, und ich möchte, dass du es benutzt. Lebe hier mit mir, als wärst du mein. Ich möchte, dass du siehst, dass unser Leben hier real ist und schließlich länger als ein Jahr dauern wird."

Ihre strahlend blauen menschlichen Augen sind feucht. „Okay", antwortet sie mit rauer Stimme. „Okay, wir werden es ausprobieren."

RILEY

Sich um diese Babys zu kümmern ist härter, als ich
es mir vorgestellt habe. Ich muss zugeben, dass es
mich auslaugt. Ich liebe sie, aber mehr Schlaf wäre trotzdem
schön.

Ich bin jetzt seit drei Wochen bei ihnen, das heißt, Kari
und Loge sind schon über zwei Monate alt. Aber da sie
schneller wachsen als Menschenbabys, füttere ich sie jetzt
mit fester Nahrung. Und sie schlafen weiterhin die Nacht
durch – was ein Segen ist!

Das Leben in Aegirs Haus ist zwar anstrengend, aber es
war bisher wahrscheinlich die glücklichste Zeit meines
Lebens. Vor ein paar Wochen hat er vorgeschlagen, dass wir
zusammenleben sollten, als ob wir tatsächlich Partner wären.
Seine genauen Worte waren: „Lebe hier mit mir, als wärst du
mein." Er hat keine Ahnung, dass ich dieses Zitat als meinen
Bildschirmschoner installiert habe und es oft anstarre. Es
trägt mich durch die schweren Zeiten, begleitet mich durch
all die einsamen Tage, an denen ich ihn nicht berühren darf.
Wann immer ich zweifle, lese ich diese Zeile und kann
weitermachen.

Ich habe mich gut eingelebt, kümmere mich um die Babys, plaudere und hänge mit Aegirs Mutter und Bruder ab. Ich habe auch Bestlas beste Freundin, Methone, kennengelernt. Die beiden sind vor zwei Wochen an einem Wochenende vorbeigekommen und haben darauf bestanden, dass ich mich ein wenig ausruhe, während sie das Baden, Wickeln und Füttern übernehmen, was sehr schön war. Beim ersten Mal bin ich dabei direkt auf meinem Sessel eingeschlafen. Beim zweiten Mal haben sie mich für ein Nickerchen direkt ins Bett geschickt. Ich liebe diese zwei Damen.

An den meisten Tagen gehe ich in den Park und treffe mich mit den Müttern aus der Umgebung für das dringend benötigte „Sag es, wie es ist"-Hyrrokinen-Muttergespräch.

Zwischen Aegir, Bergelmir, Bestla, Methone und der Müttergruppe bin ich mit meinem lokalen Sozialleben als Erwachsene zufrieden. Ich mag die Hyrrokinen sehr, sehr gerne und das Wetter hier ist fantastisch. Die Wesen hier sind ziemlich entspannt. Ich gewöhne mich langsam an ihren Feueratem, die zuckenden Schweife und diese schwarzen Hörner. Gestern haben sich zwei der älteren Kinder im Park gegenseitig angegriffen und mit Flammen bespuckt, direkt über meinen Kopf. Und ich habe nicht einmal gezuckt.

Ich schiebe auch gerne die Babys in ihrem Doppelkinderwagen für lange Spaziergänge entlang der Wege im Naturschutzgebiet, das direkt neben unserem Wohngebiet liegt. Es ist unglaublich schön, zwischen den Bäumen, den farbenfrohen Blumen und schnatternden, bunten Vögeln in die Natur zu kommen, mit dem Nebeneffekt, dass ich Muskeln aufbaue. Mein Bauch strafft sich an den Seiten und meine Oberschenkel und Waden sind fester geworden. Ich fühle mich großartig. Ich genieße mein Leben mit diesen beiden Babys und ihrem Vater hier auf Tarvos sehr. Wahrscheinlich zu sehr.

Es ist mir peinlich, wie sehr ich Kari und Loge vergöttere.

Sie sind hinreißende Babys mit ihrem strahlenden Lächeln und ihren liebenswerten Persönlichkeiten. Ich liebe den Klang ihres Lachens und den Rauch, der aus ihren Nasenlöchern kommt. Ich investiere viel mehr Herz in diesen Auftrag als jemals zuvor bei einer Anstellung. Der Unterschied ist, dass Aegir der Meinung ist, dass mein Auftrag hier nicht enden wird.

Hmm.

Ein Teil von mir glaubt ihm, aber ein Teil von mir meint, ich werde es erst glauben, wenn ich es sehe. Die letzten fünf Jahre habe ich so gelebt – ich dachte, ich bekäme etwas, das ich wirklich wollte (ein Ende meines Vertrags), nur, dass es mir immer wieder weggenommen wurde. Ich habe auf die harte Tour gelernt, dass Wesen oft Versprechungen machen, die sie nicht halten.

Mein Hauptproblem in den letzten paar Wochen ist meine intensive sexuelle Frustration. Ich lebe mit einem Männchen zusammen, zu dem ich mich jeden Tag stärker hingezogen fühle. Ich beginne jeden Morgen mit einer schnellen Dusche, bevor irgendjemand aufwacht. Und um ehrlich zu sein, die Hälfte der Zeit masturbiere ich da drin, nur um mich abzureagieren.

Ich schlafe in meinem eigenen Zimmer, das direkt neben Aegirs liegt. Und ich ertappe mich dabei, wie ich mich jede Nacht frage, wie es wohl wäre, mit diesem großen, sexy roten Körper neben mir zu schlafen, der mich fest in seinen Armen hält, während sein Schwanz in mich eindringt.

Ich beobachte verträumt die Bewegung seines Arsches in seiner schwarzen Hose, während er sich durch das Haus bewegt, und die wunderbar geschwungenen Vertiefungen der Muskeln entlang seines nackten Rückens bis zu dem Moment, in dem er die Bürotür hinter sich schließt. Er will mich und ich will ihn, und unsere Chemie ist hochexplosiv, aber wegen irgendwelcher hyrrokinischer Gesetzmäßigkeiten können wir nichts dagegen tun. Und dann ist da noch die Tatsache, dass er mein Arbeitgeber und wahnsinnig reich ist, sodass ich das Gefühl nicht loswerde, dass das alles irgendwie unausgeglichen ist und am Ende nie funktionieren wird. Und doch werden wir bis auf Weiteres jeden Moment des Tages miteinander verbringen.

Er sagt, er will etwas Dauerhaftes? Hier geht es nicht nur um Lust und Genuss. Ich soll abwarten und er wird mir später zeigen, wie ernst es ihm ist? Tja, ich … weiß es einfach nicht. Wie kann dieses berühmte Männchen, ein Milliardär und ehemaliger Soldat, *mich* als Partnerin wollen? Ich glaube gerne, dass ich einigermaßen attraktiv bin, aber in Wirklichkeit bin ich übergewichtig und nichts Besonderes. Ich war nicht auf der Universität und habe genau gar keine Verbindungen auf diesem Planeten. Wäre es für Aegir nicht besser, eine unternehmerisch denkende Hyrrokinin zu heiraten, die ihn bei seinen Geschäften unterstützen kann? Wäre es nicht besser für mich zu warten und auf Omega 9 jemanden zu finden, zu dem ich besser passe?

Aber ich bin so vernarrt in ihn, so in ihn … was auch immer, und halb wahnsinnig von diesem Verlangen, dass ich seinem verrückten Plan eine Chance gebe. Sein hitziger Blick lässt mich die Tatsache vergessen, dass dieses Männchen eigentlich ein paar Nummern zu groß für mich ist. Ich bin mir ziemlich sicher, dass er seine Meinung ändern wird und ich in dem Moment gehen werde, in dem er merkt, dass er nur scharf auf mich ist, weil ich ein exotisches Menschenweibchen bin. Vielleicht denkt er, dass der Sex mit mir unfassbar heiß ist? Aber in Wirklichkeit wird er, wenn er wieder auf Dates gehen kann, erkennen, dass wir überhaupt nicht zueinanderpassen. Und dann wird es für mich an der Zeit sein, zu meinem nächsten Job aufzubrechen.

Ich kann den Liebeskummer schon in meiner Zukunft sehen. Ich habe ihm gesagt, dass ich nicht als Lustgefährtin eines Milliardärs enden will, aber genau das könnte passieren. Es ist das Risiko, das ich eingehe, wenn ich bleibe. Und wenn ich gehe, verlasse ich nicht nur Aegir, sondern auch Kari und Loge. Und Aegirs Familie und die Freunde, die ich in der Nachbarschaft gefunden habe. Und trotzdem kann ich mich nicht davon abhalten, ihn zu wollen und mir zu wünschen, dass das hier wirklich echt sein könnte. Es ist, als hätte meine Muschi das Kommando übernommen und mein Verstand läuft nur noch auf Sparflamme. Ich sollte mein Herz schützen, aber er bedeutet mir etwas und ich fühle mich so sehr zu ihm hingezogen, dass ich jede Nacht meinen Rabbitvibrator benutze und mir vorstelle, dass es Aegir ist, der mich fickt. Und ich frage mich, ob er sich auch regelmäßig einen runterholt.

Weiß er, dass ich ihn in der Nacht in seinem Zimmer beobachtet habe? Ich habe es ihm immer noch nicht gesagt.

Jeden Abend, wenn die Babys schlafen und wir allein sind, besteht Aegir darauf, dass wir uns gemeinsam Videosendungen ansehen. Am Anfang sitzen wir auf getrennten Sofas, aber irgendwann können wir die Distanz nicht mehr ertragen, dann wandere ich auf seine Seite und wir sehen uns die Sendung zusammen an. Aegir ist ein toller Kuschler und ich habe herausgefunden, dass seine rote Haut warm und weich ist und er es mag, seinen Stachelschweif über meine Beine zu drapieren. Manchmal spüre ich auch, wie sein Schwanz sich gegen mich presst. Das ist die reinste Folter.

Und ich habe gelernt, diesen riesigen Wagen zu fahren, und es hat sich herausgestellt, dass ich es liebe – nicht, dass ich das jemals vor Aegir zugeben würde. Ich hatte noch nie ein eigenes Fahrzeug, also hatte ich keine Ahnung, wie toll es sein kann. Es passt auf dem Parkplatz genau neben Aegirs steiles Gefährt. Die beiden Fahrzeuge sehen perfekt zusammen aus. Beide sind tiefschwarz und von der gleichen Marke für Luxusfahrzeuge. Aegir hat sich sogar die Zeit

MICHELE MILLS

genommen, mir beizubringen, wie man auf hyrrokinischen
Straßen fährt. Mit uns beiden vorne und den Babys auf dem
Rücksitz durch die Stadt zu fahren, ist unglaublich. Als ob
wir eine richtige Familie wären oder so was.

Jep, ich wünschte, das wäre mein wahres Leben.

Ich bin es gewohnt, mich mit Familien und Mitarbeitern
anzufreunden und mich dort, wo ich mich aufhalte, sehr
wohlzufühlen – aber dann trenne ich mich irgendwann von
ihnen und verabschiede mich unter Tränen. Ich habe dieses
seltsame Leben gelebt, in dem ich einer Gruppe von
Menschen und ihrem Leben für eine gewisse Zeit nahe
komme und auch dem Klienten, mit dem ich arbeite – und
dann enden diese Beziehungen und ich ziehe weiter zum
nächsten Einsatz. So ist es jetzt schon fünf Mal gewesen.

Wird es auch diesmal so sein?

Aegir sagt, er will, dass ich für immer bleibe.

Hm. Der Gedanke ist schön und ich möchte ihm so gerne
glauben. Aber ich habe im Laufe der Jahre gelernt, dass alle
meine Einsätze nur vorübergehend sind und dass ich mein
Herz abhärten muss, damit es mir nicht gebrochen werden
kann. Ich bin eine wandernde Angestellte, die in den
Häusern von wirklich reichen Wesen arbeitet. Alle meine
Aufträge finden ein natürliches Ende und ich ziehe weiter,
um anderen Familien in Krisen zu helfen. Aber um ehrlich
zu sein, habe ich mich an einen Punkt in meinem Leben
angenähert, an dem ich mich danach sehne, mich niederzu-
lassen. Gerade deshalb habe ich mich so sehr auf meinen
Neuanfang auf Omega 9 gefreut.

„Was ist das?", frage ich die Babys. Ich setze Loge ab und
drehe meinen Kopf, um die Quelle des Geräusches zu orten.
„Hört ihr das?" Es ist ein kratzendes Geräusch. Es hört auf
und dann fängt es wieder an. Ich suche eine Weile und
bemerke, dass es lauter wird, wenn ich in die Küche gehe.
Oh, nein.

Schließlich stelle ich fest, dass das Geräusch aus der Speisekammer kommt.

Oh, verdammt. Was kann das nur sein?

Ich hole tief Luft, strecke eine zittrige Hand aus und öffne die Tür zur Speisekammer.

Heiliger Bimbam.

Überall sind riesige Käfer. Riesige, furchterregende Käfer. Sie sind alle so lang wie meine Finger. Schwarze und lila Käfer mit großen Zangen. Und ich schwöre, es sieht aus, als würden sie auf mich zufliegen.

Ich schreie aus Leibeskräften und renne durch den Raum, flippe aus. Ich kann nicht anders. Ungeziefer macht mir eine Scheißangst und diese Biester hier sind dreimal so gruselig. Ich stolpere über einen Stuhl, falle auf meinen Hintern und schreie.

In der Entfernung höre ich ein Krachen und schwere Schritte, die die Treppe hinunterstapfen. „Riley!", brüllt Aegir.

„Aegir", schreie ich, „Aegir, da sind Wanzen in der Speisekammer."

Aegir bleibt im Essbereich stehen, seine Brust hebt sich und seine Augen sind wild vor Sorge. Er schaut auf mich herab, wie ich auf dem Boden neben den Babys auf ihren Spieldecken sitze. Beide weinen jetzt und ich habe ein schlechtes Gewissen deswegen. Sie sind erschrocken, weil ich mich erschrocken habe.

„Wanzen?", wiederholt Aegir. „Wo?"

„In … in der Speisekammer."

„Oh." Er zuckt mit den Schultern und atmet aus. Seine Körpersprache wechselt von „höchste Alarmbereitschaft" zu „kein Problem". „Wahrscheinlich nur Typhiden", sagt er. „Nichts, worüber man sich Sorgen machen müsste."

„Nichts, worüber man sich Sorgen machen müsste?", keuche ich. Und dann schreit Kari noch lauter. Igitt. Also rapple ich mich auf und greife hinüber, um das arme Baby hochzunehmen. „Es ist okay, Baby. Dein Daddy ist hier. Er wird sich um die fiesen Käfer kümmern."

Aegir seufzt, hebt Loge auf und tröstet seinen jammernden Sohn. „Typhiden sind vielleicht groß, aber eigentlich sind sie harmlos."

„Harmlos? Diese Dinger sind nicht harmlos, sie sind –"

Und dann klopft es abrupt an der Haustür.

Ich keuche und stehe auf, Kari immer noch auf dem Arm. „Wer ist das?" Ein Klopfen an der Eingangstür ist absolut bizarr. Das ist in der ganzen Zeit, die ich hier bin, buchstäblich noch nie passiert. Die einzigen Wesen, die jemals unangemeldet vorbeikommen, sind Bestla und Bergelmir, und die kommen einfach so rein.

„Ich weiß es nicht", antwortet Aegir mit tiefer Stimme. „Die Wachen sollen mich über die Ankunft von Gästen informieren, damit ich ihren Besuch genehmigen kann."

„Vielleicht ist es ein Nachbar?", sage ich. „Ein Weibchen aus meiner Müttergruppe?"

„Nein. Draußen steht ein schwarz gepanzertes Fahrzeug."

Ich schaue hinaus und sehe es auch. „Ach du meine Güte. Werden wir verhaftet?"

„Nein", lacht Aegir. „Nein. Da ist ein Präsidentensiegel an der Seite des Fahrzeugs, alles okay."

Ein Präsidentensiegel?

Und dann laufe ich hinter Aegir her, als er einem Furcht einflößenden Hyrrokinen in schwarzer Hose mit glänzender Glatze, furchterregenden Hörnern und auf die nackte Brust geschnallten Waffen die Tür öffnet. Außerdem trägt er noch eine dunkle Sonnenbrille. Er sieht sehr offiziell aus. „Aegir Touchstone?", brummt er.

„Ja."

„Präsident Grindstone ersucht um Ihre sofortige Anwesenheit bei einem hochrangigen Finanztreffen im Feuerpalast."

Aegir wippt auf seinen nackten Füßen zurück. „Jetzt?"

„Ja. Ich soll warten, bis Sie bereit sind mitzukommen, und Sie dann zum Treffpunkt bringen."

Aegir flucht verhalten.

Ich runzle die Stirn und werfe einen Blick hinter mich in die Speisekammer. Die Tür ist geschlossen, also kann ich zum Glück nicht all diese Wanzen sehen, aber ich kann sie immer noch hören. Verdammt, kann der Präsident nicht morgen mit Aegir sprechen? Warum gerade jetzt? „Was ist mit den Käfern?", jammere ich.

„Alles wird gut", versichert Aegir mir.

Dann dreht er sich um und umarmt mich innig. Zuerst verkrampfe ich mich, weil ich überrascht drüber bin, dass er das hier tut, vor dem Sicherheitspersonal des Präsidenten, aber dann bemerke ich, dass es mir egal ist, und ich versinke in seinen starken Armen. Er ist so groß und seine Arme sind so lang, dass Kari, Loge und ich alle in eine riesige Umarmung gehüllt werden und Aegirs Kinn auf meinem Kopf ruht. Sein stacheliger Schweif wölbt sich um meinen Rücken und umarmt mich zusätzlich. Und jetzt wird meine Wange an seine warme Haut gedrückt und die zwei süßen Babys schmiegen sich eng an mich und ich kann das gleichmäßige Pochen seines Herzens hören. Und schon fühle ich mich besser.

Ich nehme einen tiefen, beruhigenden Atemzug. „Du wirst nicht allzu lange weg sein, oder?"

„Nein", gluckst er. „Du kennst mich. Ich werde nicht lange weg sein."

Stimmt.

„Er wird nicht lange weg sein", bestätigt auch der Sicherheitsmann.

Aegir geht, ohne sich zu beschweren? Einfach so? Ich bin

fassungslos, als er freiwillig aus der Haustür tritt. Er geht sonst nie irgendwohin. Er läuft auf seinem Hightech-Laufband und stemmt schwere Gewichte in seinem privaten Fitnessstudio. Wenn er sich aus dem Haus bewegt, dann höchstens in den Garten oder zu meinen Fahrstunden. Letztes Wochenende haben er und Bergelmir im Garten sogar einen Wettkampf im Feuerspeien und ein Wrestling-Match veranstaltet. Bestla, die Babys und ich haben zugesehen und geklatscht. Und natürlich habe ich Fotos und ein Video von der Angelegenheit gemacht. Und Junge, Junge, wie schnell sich die Bilder verbreitet haben.

„Und wenn ich zurückkomme, bringe ich Insektenspray mit", verspricht er.

Ich schenke ihm ein breites Lächeln und starre hinauf zu Aegirs schaurig-rotem Gesicht, den glänzenden Reißzähnen und den schwarzen Hörnern und ich frage mich – habe ich meine Seele an den Teufel verkauft? Werde ich jemals wieder die Alte sein, wenn das hier nicht real ist?

Er küsst Kari und Loge auf den Kopf und dann ist er weg.

ZWANZIG MINUTEN NACHDEM AEGIR GEGANGEN IST, wird mir klar, dass ich aus diesem verdammten Haus rausmuss, weil es von Wanzen *befallen* ist.

Zum Glück findet heute ein Treffen der Müttergruppe statt.

Ich bin eigentlich ziemlich aufgeregt, weil wir einen Ausflug außerhalb unserer Nachbarschaft zu Rykeils Haus machen und ich meine Heldin aus dem Videokanal treffen werde. Sie hat ein Mami-Treffen organisiert. Sherkis, Justical und Lurcas werden auf jeden Fall auch da sein sowie ein Haufen anderer Mütter, die ich noch nie getroffen habe. Das wird ein Spaß für mich und ein toller Ausflug für die Babys, weil sie sich mit anderen Kindern und Müttern austauschen können.

Klick, klick, klick.

Oh Mann, ich schwöre, ich kann die Zangen der Insekten überall im Erdgeschoss hören, egal, wo ich stehe. Ich kann nicht hier bleiben, solange sie frei herumlaufen. Ein Schauer der Angst läuft mir über den Rücken. Ich hole die Babys aus ihren Wippen und renne nach oben.

Ich ziehe mich an und mache mich fertig und dann mache ich auch die Babys fertig und lade sie in den Wagen. Dafür benötige ich eine Stunde.

„Wir fahren los", rufe ich, als ich den X5 starte. Ich werfe einen Blick zurück auf die zierliche Kari und den stämmigen Loge. Sie sind frisch gebadet, gewickelt, gefüttert und angezogen und in ihren Sitzen gesichert – was an ein Wunder grenzt. Ich verdiene eine Medaille dafür, dass ich so weit gekommen bin.

Wir fahren mit dem tollen Auto, das Aegir mir gekauft hat, durch die Stadt. Ich kann mir ein blödes Grinsen nicht verkneifen und muss zugeben, dass dieses Auto eine Menge Spaß macht. Es hilft mir, mich von der Wanzenplage und der Tatsache abzulenken, dass sich niemand darum kümmert, bis Aegir von seinem Treffen zurückkommt, wann auch immer das sein wird. Ich öffne alle Fenster und das Panorama-Schiebedach und drehe meine Originalplaneten-Country-Musik laut auf, damit die Babys und ich abrocken können. An einer Kreuzung glotzen zwei Hyrrokinen, die im Fahrzeug nebenan sitzen, als sie mich, den Menschen, erblicken. Das passiert mir andauernd. Ich winke und lächle zurück. Sie lachen und schütteln den Kopf. Hyrrokinen sind immer erstaunt über meine farblose Haut, die Haare auf meinem Kopf und das Fehlen von Hörnern. Und ich bin so klein im Vergleich zu ihnen. Ich habe den Fahrersitz ganz nach vorne geschoben, bis zum Anschlag, und trotzdem habe ich noch zu viel Platz.

Ich fahre in Rykeils Straße und parke vor ihrem Haus. Dort stehen schon eine Menge anderer Autos. Ich steige aus und schiebe die Seitentür auf, damit ich anfangen kann, die ganzen Babyutensilien herauszuholen.

Und dann höre ich ein leises Keuchen.

Ich drehe mich um und bin schockiert, als ich ein gut gekleidetes Hyrrokinen-Weibchen unmittelbar neben mir stehen sehe. Wo kommt sie denn plötzlich her?

„Babys", sagt sie mit beruhigender Stimme. Sie starrt Kari und Loge viel zu intensiv an, als dass ich mich noch wohl-fühlen würde.

Ist sie eine der Mütter und will mich begrüßen? „Ähm, hallo", sage ich. „Ich bin Riley. Und du bist …?"

Ihre Lippen verziehen sich zu einer schmalen Linie. „Ich bin ihre Mutter", sagt sie scharf.

Ich schnappe nach Luft. Oh, wow. Ich habe keine Ahnung, was ich tun soll. In diesem Moment wird mir klar, dass weder Aegir noch seine Familie jemals diese Möglich-keit erwähnt haben, dass Kritan auftauchen könnte, während ich unterwegs bin, und was ich dagegen tun soll. Darf diese Frau eigentlich ihre eigenen Kinder sehen? „Kritan?", frage ich vorsichtig. Sie ist locker einen Kopf größer als ich. Und ich kann sagen, dass sie alle Merkmale dessen hat, was die Hyrrokinen als das Nonplusultra der Schönheit betrachten – tiefrote Haut, glänzende schwarze Hörner und unfassbar attraktive Kurven.

Sie stemmt ihre silberbestückten Krallen in ihre breiten Hüften. „Pha. Du hast also von mir gehört. Wer bist du?"

„Ich bin die Nanny."

„War ja klar. Sie können sich ein menschliches Nanny leisten, nicht wahr? Nicht einmal, dass ich Zwillinge auf seiner Türschwelle zurücklasse, kann Aegir von seiner Arbeit abhalten. Es gibt nichts, was er nicht mit Geld regeln könnte."

Ich schweige.

„Aegir hat mir nie auch nur einen Moment seiner Zeit geschenkt. Ich musste um jedes Treffen betteln. Dann bringe ich seine Zwillinge zur Welt und er will mich immer noch nicht sehen!"

Ich antworte nicht.

„Ich will Loge halten", fordert sie. „Ich bin seine Mutter. Ich will meinen Sprössling sehen."

Diese Frau hat diese beiden Babys neun lange Monate lang ausgetragen, sich dann die Mühe gemacht, beide zu gebären, und noch einen ganzen Monat mit ihnen in ihrem eigenen Haus (mit angeheuerter Hilfe) gelebt. Und dann hat sie entschieden, dass sie nicht will? Es war ja nicht so, dass sie eine Leihmutter war und wusste, dass sie damit etwas Wunderbares für jemand anderen tut. Sie hat nicht Nachkommen ausgetragen, die genetisch nicht ihre eigenen waren, damit sie einem anderen Wesen das Geschenk der Elternschaft bereiten kann – und sie war auch nicht mental darauf vorbereitet, dass sie diese Babys ihren biologischen Eltern überlassen würde. Diese beiden Babys sind buchstäblich ihre eigenen Nachkommen. Babys, die sie zur Welt bringen und großziehen sollte, und sie hatte das Geld, um Hilfe einzustellen. Es ist für mich unvorstellbar, wie sie einen ganzen Monat lang mit ihnen leben konnte und dann ihre Meinung geändert und gedacht hat: *Nein, es stellt sich heraus, dass ich nicht wirklich Mutter sein will. Sie müssen zu ihrem Vater.* Das beweist mir, dass sie sie von Anfang an nicht gewollt hat. Ihre ganze Zeugung und Geburt waren nur eine langwierige Intrige, um Aegirs Aufmerksamkeit zu erregen.

Und jetzt hat sie sie weitere sechs Wochen nicht gesehen und plötzlich interessiert sie sich für ihre Babys? Sicher nicht. „Ich glaube nicht, dass das eine gute Idee ist", knurre ich. Ich traue ihren Motiven nicht eine Sekunde lang. Diese Frau hat Aegir dazu gebracht, sie zu schwängern, und als sie dann seine Babys geboren hatte, wollte sie sie nicht. Sie hat Kari und Loge auf seiner Türschwelle mit einem Zettel und einer Gerichtsvorladung zurückgelassen.

Sie fasst die Zwillinge nicht an. Nicht unter meiner Aufsicht.

Ich trete leise zwischen diese Frau und die Fahrzeugtür.

„Geh mir aus dem Weg. Ich bin ihre Mutter. Ich kann die Babys sehen, wann immer ich will."

Ich verschränke die Arme.

„Kritan", brüllt eine tiefe Stimme. „Jetzt ist kein guter Zeitpunkt für so etwas. Lass uns hier verschwinden, ich muss zu einem Meeting."

Kritan dreht sich um und schaut zurück zu einem älteren Hyrrokinen-Männchen, mit dem sie hier ist und das bei laufendem Motor im Wagen auf sie wartet.

„Wer ist das?", frage ich.

„Das geht dich nichts an." Sie stupst mich mit einer Kralle an. „Du hast Glück, dass ich gehen muss. Ich behalte dich im Auge", warnt sie mich. „Sag Aegir, dass ich ihn auch im Auge behalte." Und dann dreht sie sich um und joggt zu dem Auto.

Und plötzlich ist Sherkis da und ein Haufen anderer Mütter auch. „Ja, hau lieber ab, Kritan", ruft sie. „Wage es ja nicht, dich hier noch einmal blicken zu lassen."

Meine Augen weiten sich.

Sherkis knurrt tief in ihrer Kehle. „Ich war mal mit ihr befreundet, aber sie ist erwachsen geworden und hat sich verändert. Ich bin immer noch stinksauer."

„Ich kann sie nicht ausstehen", knurrt Justical. „Was für eine Frau trickst einen Mann aus, damit er sie schwängert, um dann seine Babys zu gebären und sie bei ihm abzugeben? Und das alles, nachdem sie die Babys geheim gehalten hat, sodass er nicht einmal weiß, dass er Zwillinge bekommen hat, bis die beiden auf seiner Türschwelle abgestellt werden?"

„Es ist widerwärtig", stimmt eine andere Mutter zu.

„Sie hat Glück, dass sie nicht im Gefängnis ist."

Plötzlich ist da ein Schatten auf dem Boden neben mir und ich schaue auf und bemerke ein riesiges Männchen, das mich überragt. Ich springe erschrocken zurück. „Bergelmir? Wie lange stehst du denn schon da?"

Er grunzt.

„Verfolgst du mich?"

Er verschränkt seine massiven Arme und starrt mich an. Was wohl so viel heißen soll wie ja, er ist mir gefolgt.

„Den Babys geht es gut", sage ich.

Er nickt.

„Oh bei den Göttern, es ist Bergelmir Touchstone", quiekt Lurcas.

Die anderen Mütter seufzen verträumt im Chor. Dann flippen sie aus wie Groupies bei einem Originalplaneten-Rockkonzert.

Ich hingegen breche in Gelächter aus. Ich kann nicht anders. Und es hilft mir wunderbar, den Stress der vergangenen Minuten abzubauen.

AEGIR

„*H*ast du das Insektenspray geholt?“

„Was? Insektenspray?“ Das Abendessen ist längst vorbei und ich komme endlich in meinem Haus an und mein Weibchen fragt mich ... Oh verflucht, sie hatte mich gebeten, auf dem Heimweg Insektenspray zu besorgen, nicht wahr? Eigentlich hatte ich sogar angeboten, welches mitzubringen.

„Aegir.“ Ihre Augen funkeln wütend.

Rileys Lippen werden schmal und ich kann sehen, dass sie verärgert über mich ist. Das könnte das erste Mal sein, dass ich sie wirklich wütend sehe. Sie ist normalerweise optimistisch und fröhlich. Die Zwillinge haben die Couch in Brand gesteckt und sie hat es mit Fassung getragen. Sie hat herausgefunden, dass ich ein Milliardär bin und die biologische Mutter meines Nachwuchses eine Stalkerin ist. Kein Problem – sie bleibt völlig stoisch. Sie erhält erschütternde Informationen, stabilisiert sich schnell, findet eine Lösung und macht weiter. Aber Ungeziefer ist offenbar ihre Schwachstelle. Sie scheint jetzt sogar noch aufgebrachter zu sein als heute Morgen.

„Das wird schon", sage ich zu ihr, „ich hole das Spray nachher und …"

„Nein", zetert sie. „Nein, diese Wanzen haben die Speisekammer übernommen. Ich höre sie kratzen und scharren und ich bin sicher, dass sie ausbrechen und sich im gesamten Haus ausbreiten werden. Und sie gehen an unser Essen! Damit komme ich nicht klar. Ich war mit den Babys den ganzen Nachmittag und Abend oben, weil ich nicht in der Nähe dieses Ungeziefers sein kann. Ich hätte das Insektenspray geholt, als wir heute unterwegs waren, aber ich kenne diesen Planeten nicht so gut und ich weiß nicht, wie ich beschreiben soll, was wir brauchen oder welche Art von Wanze das ist, und du hast gesagt …" Ich kann sehen, wie sich Tränen in ihren Augen bilden. „Du hast gesagt, du bringst welches mit, wenn du nach Hause kommst, also habe ich niemanden um Hilfe gebeten. Und dann kommst du Stunden später nach Hause und hast es nicht dabei?"

Jetzt weint sie. Oh verdammt, ich habe Riley zum Weinen gebracht. Ich drehe mich um und gehe zurück aus der Tür. Ich steige in mein Serie-X-Fahrzeug und fahre direkt zum Laden und kaufe das Insektenspray.

Als ich zurückkehre, ist es still im Haus.

Ich bin sicher, sie hat die Zwillinge ins Bett gebracht und ist jetzt in ihrem eigenen Zimmer und schmollt. Wäre sie eine Hyrrokinin, würde Rauch aus ihren Nasenlöchern puffen und ich würde eine Stichflamme abbekommen. Aber mein Weibchen kann mich nicht auf diese Weise züchtigen. Ich ziehe mir meine Lieblings-Pyjamahose an und gehe in die Speisekammer, um das Wanzenproblem zu inspizieren, das ihr zu schaffen macht.

Ich öffne die Tür, sehe mich um und muss mir ein Grinsen verkneifen. Es sind nur gewöhnliche Typhiden. Ich werde ihr erklären müssen, dass sie harmlos sind. Trotzdem verbrenne ich die meisten von ihnen, besprühe den Rest mit dem Insektenspray und stelle Fallen auf. Alles, um meinem Weibchen zu helfen. Während ich auf Händen und Knien arbeite, schüttle ich den Kopf und denke darüber nach, wie ich den ganzen Tag bei einem hochrangigen Treffen mit Präsident Grindstone und einer Gruppe von Finanzministern gesessen habe. Sie wollten meine Meinung dazu hören, wie man die Wirtschaft im nächsten Quartal am besten ankurbeln könnte. Ich habe meine Ideen vor den hellsten Köpfen des Planeten präsentiert, vor Männchen und Weibchen, die ich seit meiner Jugend bewundere. Deshalb war ich spät dran und hatte das Spray vergessen. Und als ich in einem Sicherheitsfahrzeug des Präsidenten nach Hause gefahren wurde, habe ich mich zugegebener Maßen ziemlich wichtig gefühlt. Immerhin wollte der Präsident mit mir sprechen. Und dann kehre ich in mein Haus zurück und sie fragt: „Wo ist das Insektenspray?"

Ein Glucksen entweicht meinen Lippen. Zu Hause bei Riley spielen mein Wissen über die Finanzmärkte, mein Reichtum oder mein Einfluss keine Rolle. Hier bin ich einfach nur ein Männchen, das an das Insektenspray hätte denken sollen. Vor einer Stunde habe ich noch mit Präsident Grindstone geplaudert und jetzt knie ich in der Speisekammer, um Ungeziefer zu entfernen und Fallen aufzustellen.

Ich lache noch ein wenig weiter und schnippe mit dem Schweif. Ich muss zugeben, dass ich es mag, wie dieses Weibchen mich behandelt. Sie hat mich in einer Präsidentenkolonne wegfahren sehen, erwartet aber trotzdem, dass ich an sie und unsere Kinder denke. Was nur recht und billig ist.

Ich beende die Schädlingsbekämpfung und programmiere dann die Reinigungsroboter so, dass sie die toten Wanzen und alle kontaminierten Lebensmittel desinfizieren und entfernen und die von mir aufgestellten Fallen stehen lassen. Dann schließe ich die Tür zur Speisekammer und gehe in die Küche, um meine Klauen und Arme im Waschbecken zu reinigen.

Als ich ein Geräusch höre, drehe ich mich um. Vor mir steht mein Menschenweibchen. Draußen ist es dunkel, das Licht in der Küche ist an und die Fenster sind mit Sichtschutz getönt. Sie trägt figurbetonte Menschenkleidung aus dünnem Stoff mit Schnüren, die sich über ihre weichen Schultern legen. Ich kann die Umrisse ihrer vollen Brüste und harten Brustwarzen unter dem Stoff sehen, als wäre sie nackt. Und ihre Pyjama-Shorts bedecken kaum ihren runden Hintern.

Sie ist das schönste Weibchen, das ich je gesehen habe.

Ich bin augenblicklich hart. Eine Welle besitzergreifender Instinkte und jedes bisschen Lust, das ich im letzten Monat zurückgehalten habe, schießen blitzartig in meinen Körper und lassen ihn brennen wie Feuer.

„Warum hast du so lange gebraucht?", flüstert sie. „Ich weiß, ich habe nicht das Recht, das zu fragen. Ich bin nicht deine Partnerin oder so, nur die Nanny. Nur die angeheuerte Hilfe, aber –"

Es liegt immer noch ein Hauch von Wut in ihrer Stimme, also gehe ich zu ihr und unterbreche sie mit einem Kuss.

Ich kann mich nicht zurückhalten. Wenn da nicht dieses verdammte Urteil wäre, auf das ich warte, würde ich sie jetzt in mein Bett tragen und dort behalten. Ich würde ihr wieder und wieder zeigen, wie leid es mir tut.

„Oh", haucht sie gegen meine Lippen und schmiegt sich dann in meine Arme.

Dieser erste Kuss sollte eigentlich erst stattfinden, nachdem ich sie formell gebeten habe, meine Partnerin zu werden. Er sollte ihr zeigen, dass sie nicht nur eine potenzielle Lustgefährtin für mich ist, sondern die Frau, die ich für den Rest meines Lebens in meinen Armen halten will.

Aber ich kann mich nicht länger von ihr fernhalten. Ich brauche sie. Sie braucht mich.

Meine Arme legen sich um ihre weichen Kurven und ich stütze ihren Kopf mit meiner Klaue. Sie greift nach oben, schlingt ihre Arme um meinen Hals und presst ihren heißen Körper an mich. Ich stöhne, schiebe meine Zunge kraftvoll in ihren Mund und meine Reißzähne drücken gegen ihre Haut. Ihre Lippen sind so weich, ihr Mund so klein, und ich verschlinge sie. Ich habe noch nie zuvor ein Weibchen auf diese Weise geküsst – mit allem, was ich habe. Mit allem, was ich bin.

Sie schmeckt fantastisch.

Sie küsst mich mit einer Dringlichkeit und ihre stumpfen Zähne stoßen gegen meine Reißzähne. Ihr Geschmack überflutet meinen Mund, mein Blut, meine Sinne. Sie hat keine noch Ahnung davon, aber ich lasse sie niemals zu ihrem Heimatplaneten zurückkehren. Dieses Weibchen gehört jetzt mir.

Und so stehen wir da, unter der Küchenlampe, und küssen uns, wieder und wieder. Ein ganzer Monat aufgestauter Leidenschaft und Emotionen, ausgedrückt durch die Kraft unserer sich verbindenden Lippen.

Schließlich beende ich unseren Kuss und lehne meine Stirn vorsichtig an ihre. Wir keuchen beide und versuchen, unsere schwerfällige Atmung zu beruhigen.

„Es tut mir leid", haucht sie. „Ich weiß, dass du einen großen Tag hattest, und ich möchte wirklich alles darüber hören. Ich war nur so aufgewühlt …"

Und dann ertönt ein Alarm auf meinem Tablet. Ich knurre, drehe mich um und nehme es von der Theke. Gut möglich, dass es um das Treffen mit dem Präsidenten geht.

Aber es ist mein Bruder, mit wichtigen Informationen:

Kritan hat dein Weibchen heute auf der Straße angesprochen. Wir müssen reden.

Ein Sturm widersprüchlicher Emotionen erhebt sich in meiner Brust wie ein Fegefeuer. Rauch wabert aus meinen Nasenlöchern.

Eine kleine Hand presst sich gegen meine Brust. „Aegir?"

Ich werfe das Tablet auf den Tresen, packe sie an den Schultern und begegne ihrem verwirrten Blick. „Während ich weg war, wart du und meine Kinder in Gefahr?"

„Oh ja, ja, das war ich. Ich sage dir, diese Wanzen …"

„Wanzen? Nein, ich spreche von Kritan Softstone. Sie hat dich angesprochen?"

„Oh." Sie hält inne, zwirbelt ihr Haar und beißt sich auf die von unserem Kuss noch geschwollenen Lippen. „Ja, das ist richtig. Das ist heute Morgen passiert. Kritan ist aufgetaucht, als ich vor Rykeils Haus geparkt habe. Sie wollte die Babys sehen. Ich habe ihr gesagt, dass das nicht möglich sein wird, und dann ist sie weggegangen. Bergelmir war da. Es war kein Problem. Aber diese Wanzen, die waren –"

Ich lege meine Hände um ihre winzige Taille, hebe sie auf den Tresen und stehe zwischen ihren Beinen.

„Aegir", keucht sie.

„Es tut mir weh, dass ich nicht da war, um sicherzustellen, dass du dich nicht mit ihr herumschlagen musst."

„Es ist okay."

„Nein, es ist nicht okay. Ich habe dich heute im Stich gelassen." Ich bin nervös. Ich brauche nicht nur ihren Duft in meiner Nase und ihren Geschmack auf meiner Zunge – ich muss sie als mein Weibchen markieren. Ich will Riley und doch kann ich sie nicht haben. „Ich brauche dich."

„Ich brauche dich auch."

Mein Weibchen verdient es, dass ich mir mit ihr Zeit lasse, aber so wird es heute Nacht nicht laufen. Ich habe mich lange genug zurückgehalten. Ich reiße ihr die fadenscheinigen Shorts herunter, spreize ihre prallen Schenkel und starre auf die Pracht, die sich mir eröffnet. Ich habe noch nie ein menschliches Weibchen auf diese Weise gesehen. Ich habe mich schon gefragt, wie sie sich von einem Hyrrokinen-Weibchen unterscheiden würde. Ihre Muschi ist klatschnass, leuchtet pink und verzehrt sich nach meiner Berührung. Ich liebe den Anblick meiner großen roten Hand auf ihrer muskulösen, farblosen Haut. Das gleiche Haar, das sie auf dem Kopf trägt, wächst auch hier. Ich berühre sie mit meinen Krallen.

„Stört es dich? Ich kann es abrasieren ..."

„Nein", knurre ich. „Behalte es." Das ist der erotischste Anblick meines Lebens. Ich reibe meinen schmerzenden Schwanz durch meine Pyjamahose hindurch. Oh, wie ich es genießen werde dabei zuzusehen, wie mein roter Schwanz in dieser Muschi unter den goldenen Haaren versinkt.

Ich spreize ihre Schenkel weiter und sie stützt sich mit ihren Armen ab. Ich ziehe meine Klaue an ihrem feuchten Schlitz entlang und verharre direkt an ihrem Eingang, ohne in sie einzudringen. Ich begegne ihrem Blick. „Das gehört mir."

„Dir", haucht sie.

Jetzt knie ich vor ihr nieder und atme ihren einzigartigen Duft ein. Er erinnert mich an Moschus und macht mich süchtig – und ich will ihre ganze Sahne auflecken. Ich fahre mit meiner Klaue über ihre Schamlippen und an den Rändern ihrer Mitte entlang, erforsche, lerne. Ich finde die Perle, die ganz oben sitzt, geschwollen und bereit für meine Berührung. Sie ist sehr ähnlich gebaut wie unsere Weibchen, nur viel kleiner. Ich muss sicherstellen, dass sie bereit ist, bevor ich sie nehme. Sie ist eine Jungfrau und ein Mensch, was bedeutet, dass sie so unsagbar eng sein wird, und ich möchte meine zukünftige Partnerin nicht mit meinem Umfang verletzen.

„Kein Männchen hat dich jemals hier berührt? Nur ich?"

„Nur du."

Ein Knurren grollt in meiner Kehle. Ich muss schmecken, was mir gehört. Ich bewege mich vorwärts und mein Mund ist genau da, wo er sein muss, und leckt über die süßen Falten ihrer Muschi. Sie ist so feucht, dass eine Woge besitzergreifender Lust durch meine heißen Adern fegt. Ich erforsche sie und meine Zunge und Lippen bewegen sich über ihre zarten inneren Falten. Ich lausche ihren Geräuschen der Lust – ihrem Stöhnen und ihren Seufzern –, die mir zeigen, wohin ich mich bewegen soll und wann ich schneller oder langsamer machen muss.

Ihre Hände packen meine Hörner fest. Mein Schweif wickelt sich um ihren Knöchel. Ich lecke und lecke und lecke an ihrer Schwellung. Mein Schwanz ist hart wie Stahl und tropft in meiner Hose.

„Oh Aegir, genau da, hör nicht auf."

Sie wirft ihren Kopf zurück und schreit ihren Orgasmus heraus. Ich lecke weiter, genau dort, wo sie mich braucht, und sorge dafür, dass ich meinem Weibchen auch noch das letzte bisschen Leidenschaft entlocke. Sie ist großartig.

Und dann platzt jemand durch die Tür herein.

„Was zum Teufel machst du da?", schreit Bergelmir.

MEIN MENSCHENWEIBCHEN QUIETSCHT vor Angst und Verlegenheit auf. Ich helfe ihr von der Theke und verberge ihren halb nackten Körper hinter mir.

Ich drehe mich zu meinem Bruder um, wütend darüber, dass er uns unterbrochen hat. Rage köchelt in meinen Adern. Meine Brust bläht sich auf und ein Feuer lodert in mir. Dunkler Rauch quillt aus meinen Nasenlöchern. Ich peitsche mit meinem Schweif um mich und fahre meine Krallen aus.

Bergelmirs Gesicht verschwindet hinter einer dunklen Rauchwolke, während er realisiert, was sich gerade auf

meinem Tresen zugetragen hat. „Riley, nach oben", befiehlt
er.

Für wen hält er sich eigentlich, dass er mein Weibchen
herumkommandiert?

Sie gehört mir.

Ich werfe meinen Kopf zurück und brülle vor Wut.

Alles, was ich in den letzten Wochen durchgemacht habe,
mein Verlangen nach Riley und die Qual davon, sie nicht
haben zu können. Mich mit dem Weibchen herumschlagen
zu müssen, das mich hintergangen hat, damit ich sie schwän-
gere, und mir dann nichts von der Existenz meines eigenen
Nachwuchses erzählt hat bis zu dem Moment, als sie sie mir
überlassen hat. All das packt und beutelt in diesem Moment
mein Herz und meinen Verstand. Mein Leben ist völlig aus
dem Ruder gelaufen und ich habe es satt.

Ich entblöße meine Reißzähne. „Raus aus meinem Haus."

Riley legt ihre kleine, krallenlose Hand auf meinen
Unterarm. „Nein. Es ist okay, ich werde gehen. Ihr beide
müsst reden, und ich ... ähm ... muss mich anziehen." Und
dann läuft sie die Treppe hoch.

Mein Bruder packt mich und schleudert mich gegen die
Wand. „Was hast du mit ihr gemacht?", knurrt er.

Ich hatte kaum Zeit, mir Rileys Säfte aus dem Gesicht zu
wischen, bevor Bergelmir in unseren intimen Moment
geplatzt ist. „Wonach hat es denn ausgesehen?"

„Du darfst sie nicht anfassen."

„Fick dich. Du kommandierst weder mich noch mein
Weibchen herum." Ich verpasse ihm einen Schlag auf sein
Kinn.

Er lässt mich fallen und stolpert rückwärts, erholt sich
aber schnell. Bergelmir speit eine Stichflamme, die die Spitze
meines Ohrs versengt und meine Schulter verbrennt. Ich
brülle wieder, springe vorwärts und werfe meine Arme um

seine Taille, sodass wir beide auf den Traq-Tisch stürzen. Er zerbricht unter uns.

„Du hast mir nicht zu sagen, was ich mit meinem Weibchen tun und lassen kann", schreie ich, während ich meinen Griff um seinen Hals fester ziehe.

„Dein Weibchen?" Er reißt sich los und springt auf.

Jetzt stehen wir beide wieder aufrecht und umkreisen einander im Wohnzimmer. Ich hebe die Fäuste und verbreitere meinen Stand. Meine Brust hebt sich und der Schweiß tropft mir vom Gesicht. Wir sind immer noch ebenbürtig. Das war schon immer so. Wir waren legendäre Sparringspartner beim Militär, aber ich kenne seine Schwächen. Dieser Wichser wird dafür bezahlen, dass er mein Weibchen bloßgestellt hat.

„Hör dir doch mal selber zu", ruft er. „Du bist rechtlich an eine andere gebunden. Du kannst Riley nicht haben. Das ist eine Schande für sie, für deine Familie und für deine Nachkommen."

Ich senke meine Fäuste. Seine Worte dringen endlich zu mir durch. „Ich kann nicht aufhören. Ich kann nicht."

„Was würde Vater denken?", fragt er.

Ich lasse den Kopf hängen. „Tu das nicht", flehe ich.

„Doch, du musst das hören. Du bist besser als das."

„Ich liebe sie", gebe ich zu. „Ich kann nicht aufhören, es ist zu schwierig."

„Ich weiß. Ich sehe und verstehe es. Sie *ist* die Richtige für dich. Aber du bist ein Touchstone und wir sind keine willensschwachen Männer. Du wirst dich nicht unehrenhaft verhalten."

„Hört auf!", ruft eine Stimme.

Wir drehen beide den Kopf und sehen Riley mit einem genervten Gesichtsausdruck im Zimmer stehen. „Hört auf", wiederholt sie, während sie einen Bademantel um ihre üppige Figur schlingt. „Ihr zwei solltet nicht meinetwegen streiten."

Ich atme kräftig aus und mache einen Schritt zurück. Bergelmir senkt seine Fäuste.

Mein Weibchen kommt näher, bleibt vor meinem Bruder stehen und hebt das Kinn. „Bergelmir, was ist dein Problem? Ist … ist es so, dass du nicht willst, dass dein Bruder mit einem Menschen zusammen ist?"

„Nein, das ist nicht das Problem."

Sie beißt sich auf die Lippe. „Du willst nicht, dass er mit *mir* zusammen ist?"

„Nein. Ich will, dass Aegir dich irgendwann zu seiner Partnerin macht."

Sie atmet aus und ein zittriges Lächeln bildet sich auf ihren Lippen. „Du willst also nur, dass er wartet, bis das Urteil rechtskräftig ist, und du bist verärgert, weil wir nicht, ähm, gewartet haben?"

„Ja, das ist der Grund."

„Okay." Sie greift nach oben und fährt sich mit den Fingern durch die Haare. „Es tut mir leid. Heute ist einfach ein verrückter Tag. Es ist so viel passiert. Und als du …" Sie hält inne und wirft Bergelmir einen prüfenden Blick zu. „Warte mal, woher wusstest du, dass du mir ausgerechnet heute zu Rykeils Haus folgen musstest?"

Bergelmir antwortet nicht und starrt stattdessen nur auf sie herab. Ich kann erkennen, dass mein Weibchen gerade eins und eins zusammenzählt.

„Hey. Hast du einen Peilsender an meinem Wagen angebracht?"

„Natürlich hat er einen Peilsender an deinem Wagen angebracht." Hält sie uns für dumm? „Es ist der einzige Weg, um sicherzustellen, dass du und meine Nachkommen immer in Sicherheit seid."

„Und warum ist dann Bergelmir derjenige, der mir folgt?"

„Weil er mein Bruder ist."

„Nein, warum verfolgt mich Bergelmir, wenn du echte Sicherheitsleute anheuern könntest? Ist Bergelmir nicht mit seiner eigenen Arbeit beschäftigt? Er hat keine Zeit, mir zu folgen. Es ist nicht fair, dass du ihn so behandelst und so viel von ihm erwartest."

„Das ist seine Arbeit."

„Welche Arbeit?"

„Ich leite eine Sicherheitsfirma", erzählt mein Bruder. „Ich bin darauf spezialisiert, hochrangige Ziele zu schützen."

Sie musterte ihn von oben bis unten, wirft die Hände in die Luft und beginnt zu lachen. „Ach du lieber Himmel, jetzt wird mir einiges klar. Du warst die ganze Zeit mein persönlicher Bodyguard, nicht wahr?"

„Ja. Ein ganzes Team von Hyrrokinen ist nur dafür abgestellt, dich zu beschützen."

„Zum Teufel, Bergelmir, wenn das nächste Mal Ungeziefer im Haus ist, rufe ich dich an."

„Nein, tust du nicht", knurre ich. „Du rufst *mich* an."

„Ich möchte nur, dass mein Bruder dich mit Respekt behandelt", erklärt Bergelmir meinem Weibchen. „Er darf dich nicht anfassen, solange er gesetzlich an eine andere gebunden ist. Hyrrokinen paaren sich nicht außerhalb einer rechtskräftigen Bindung. Das geht nicht. Ich möchte, dass er dich besser behandelt als das."

Ich neige meinen Kopf. Mein Bruder hat recht.

Bergelmir dreht sich um und sieht mich an. „Auch mir liegt dieses Menschenweibchen am Herzen", sagt er. „Sie gehört für mich zur Familie und ich werde nicht zulassen, dass du sie entehrst."

Damit erwischt er mich eiskalt. Meine Wangen werden heiß. Ich balle meine Fäuste, dann hebe ich den Kopf und begegne seinem ernsten Blick. „Ich verstehe. Und ich gebe hiermit ein Versprechen ab. Ich werde sie nicht noch einmal entehren."

„Wirst du nicht?", schmollt Riley.

„Werde ich nicht", sage ich zu ihr. „Wir beide werden ehrenhaft warten. Wir werden uns nicht mehr berühren, bis das Urteil rechtskräftig ist."

„Und wann wird das passieren?"

„Bald", antwortet mein Bruder.

„Bald", stimme ich zu.

RILEY

*V*erdammt nochmal, es ist schon eine ganze Woche her und Aegir hat mich nicht ein einziges Mal angerührt.

Ich schiebe es auf Bergelmir. Das ist alles seine Schuld.

Ich versuche, mein Männchen oft mit erhitzten Blicken und „versehentlichen" Berührungen in der Küche, im Flur, im Kinderzimmer, in seinem Büro oder wo immer ich ihn allein im Haus finde, zu verführen. Aber Aegir bleibt stark. Er schaut nicht einmal mehr abends mit mir Videosendungen, weil er sagt, das sei zu „gefährlich".

„Ich werde es Bergelmir nicht sagen, wenn du es nicht tust", hauche ich gegen seine nackte Brust.

Er schiebt mich vorsichtig weg und macht einen Schritt zurück. „Nicht anfassen heißt nicht anfassen", grollt er. „Wir werden warten, bis ich dich ohne Vorbehalt nehmen kann."

Grrr.

Eines Abends tauche ich spärlich bekleidet und wimmernd an seiner Schlafzimmertür auf. So verzweifelt sehne ich mich nach seiner Berührung. Aber Aegir ist willensstark und ehrenhaft genug für uns beide. Er legt seine

147

Krallen auf meine Schultern, dreht mich um, führt mich zurück in mein eigenes Zimmer und lässt mich dort zurück. „Wenn das Urteil gesprochen ist, werde ich dich mit unzähligen Orgasmen verwöhnen. Bis dahin müssen wir beide stark sein und warten. Du wirst in deinem Bett schlafen und ich in meinem. So können wir wenigstens unsere Tage gemeinsam verbringen."

„Du weißt schon, dass ich da einfach reingehen und es mir selbst machen werde, oder?"

Sein Gesichtsausdruck wirkt gequält und er beißt sich auf den Kiefer. „Ich werde auch an dich denken, mein Weibchen. Aber wir werden warten." Dann dreht er sich um, geht zurück in sein Zimmer und schließt die Tür.

Verdammt, das ist richtige Selbstbeherrschung. Ich bin beeindruckt.

SPÄTER AN DIESEM MORGEN kommt Bergelmir und holt Aegir ab, und zu zweit machen sie sich auf den Weg, um Aegirs Anwalt zu treffen und sich auf den Gerichtstermin vorzubereiten. Es ist der erste Tag des Verfahrens zur Bestimmung von Kritans Status als Aegirs rechtmäßige Partnerin.

Ich hasse es, wenn mein Ehemann nicht im Haus ist. Das ist das zweite Mal, dass ich allein zu Hause bin, und schon beim ersten Mal ist es nicht so gut gelaufen.

Ich bleibe wie angewurzelt stehen. Ehemann?

Was ist nur los mit mir?

Ich atme aus und werfe einen Blick auf die Speisekammer, aus der kein Mucks kommt. Ich meine, was ist, wenn die Käfer zurückkommen? Igitt. Ich bemühe mich, diese Sorge und den gedanklichen Ausrutscher über den Status meiner Beziehung zu Aegir abzuschütteln und mit meinem Tag weiterzumachen.

Die Babys machen ihr erstes Nickerchen. Ich bin ein bisschen stolz darauf, dass ich es immer noch schaffe, die beiden ohne viel Aufhebens in ihren Bettchen hinzulegen. Ich habe viel Zeit und Mühe investiert, um eine verlässliche Routine mit ihnen aufzubauen, und es hat sich gelohnt. Ich bin so glücklich darüber, dass ich in die Küche gehe, entschlossen, heute Abend ein richtiges Abendessen zu kochen. Der Automat ist toll, wenn man keine Zeit hat, aber frisch gekochtes Essen ist immer am besten und ich habe bemerkt, dass ich am Abend nicht so genervt und überfordert mit dem Kochen bin, wenn ich alles schon früh vorbereite. Heute Abend bin ich fest entschlossen, Aegir ein Gericht zu kredenzen, dessen Rezept vom ursprünglichen Planeten stammt. Ich lächle und stelle mir vor, wie der imposante Aegir Touchstone Lasagne isst.

Heute wird es sehr stressig für ihn werden, weil Kritan im Gericht sein wird. Ich hoffe, ein schönes Abendessen wird ihn aufmuntern.

Ich nehme das Tablet in die Hand, um Chloe anzupingen. Ich will mit meiner Freundin chatten und außerdem richtig laute Originalplaneten-Musik spielen – „Sexy Country". Gerade, als ich zu entscheiden versuche, was ich zuerst angehen soll, öffnet sich die Haustür. Ich werfe einen Blick über meine Schulter in der Erwartung, Bestla zu sehen, aber ich stoße einen Schrei aus, als Kritan hereinkommt.

Schnell lege ich eine Hand auf mein rasendes Herz. „Was machst du denn hier?"

Sie entblößt ihre Reißzähne. „Halt die Klappe."

Verdammte Scheiße. Ich greife nach unten und wische in aller Ruhe mit dem Daumen über den Notfallalarm. Ich tue mein Bestes, es so aussehen zu lassen, als würde ich das Tablet einfach auf den Tresen legen. Bergelmir hat diese App vor Wochen für mich heruntergeladen. Ich bete, dass sie funktioniert.

Wie ist sie an den Wachen am Einfahrtstor vorbeigekommen? „Du darfst nicht hier sein. Es gibt eine einstweilige Verfügung."

Kritan sieht nicht mehr so aus wie noch vor einer Woche. Ihre Kleidung ist zerlumpt und schmutzig. Sie wirkt ungepflegt und atmet schwer. „Scheiß drauf", knurrt sie. „Meine Babys sind hier in diesem Haus. Und weil ich seinen Nachwuchs zur Welt gebracht habe, ist Aegir mein Partner. Ich kann hier reinkommen, wann immer ich will, es ist auch mein Haus."

Ich mache einen Schritt zurück. „Wenn du jetzt gehst, verspreche ich, dass ich niemandem erzähle, dass du hier warst."

Sie stößt ein bitteres Lachen aus. „Ich weiß, dass du nicht nur seine Nanny bist. Er will dich, nicht wahr? Er wird dich zu seiner Partnerin machen."

Sie sieht mich mit wilden Augen an und ich bekomme es mit der Angst zu tun. Ich bin allein in diesem Haus mit diesem Weibchen. Nur ich – und die Babys. „Solltest du nicht gerade bei Gericht sein?"

„Wozu die Mühe? Jetzt, wo mein Vater auch auf Aegirs Seite steht, ist alles vorbei."

Oh verdammt, ich bin allein mit ihr und sie ist verzweifelt.

„Dein Vater?"

„Ja, alle meine Pläne gehen den Bach hinunter. Ich verlasse den Planeten sofort und nehme die Zwillinge mit, denn ich werde dafür sorgen, dass Aegir für seine Taten bezahlt."

„Was hat er deiner Meinung nach getan?"

„Er hat meinen Vater gegen mich aufgebracht."

„Nein." Ich schüttele den Kopf. „Aegir hat keinen Kontakt zu deinem Vater. Das ist nicht wahr." Wenn ich sie zum

Reden bringe, kann ich sie vielleicht lange genug hinhalten, bis Hilfe eintrifft.

„Ja. Mein Vater, Hyro Softstone, ist jetzt mein Feind. Er hat eine formelle Entschuldigung an das Gericht und an Aegir gesendet."

„Hat er das?"

„Ja. Lies sie", sagt sie und hält mir ein Tablet ins Gesicht. „Lies sie laut vor."

Ich weiche zurück und schüttle verwirrt den Kopf. „Aber –"

„Jetzt", knurrt sie.

„Okay, okay." Vielleicht verschafft mir das etwas Zeit? Ich greife nach dem Tablet und beginne, die Worte langsam zu lesen, wobei ich versuche, meine Stimme ruhig zu halten. „An Aegir Touchstone und den Feuerrat. Im Namen der Linie der Softstones möchte ich hiermit eine formelle Entschuldigung darbieten. Meine Tochter, Kritan Softstone, hat mir vorgegaukelt, Aegir hätte sie unehrenhaft behandelt. Sie ist in unser Ferienhaus in Perth gezogen und ein Jahr später mit zwei Zwillingsbabys zurückgekehrt, die sie zur Welt gebracht hatte. Sie sagte, sie habe Aegir schon früh von der Schwangerschaft erzählt und er habe sie abgewiesen – weil sie ihre Mutter sei und Aegir sie hasse. Sie erzählte mir, dass sie die Babys zu Aegirs Haus gebracht hatte, um sie ihrem Vater vorzustellen und ihn zu bitten, ihr noch eine Chance zu geben, aber Aegir habe ihr die Babys weggenommen. Ich habe daraufhin über das Gericht versucht, Gerechtigkeit für meine Tochter zu erreichen. Doch jetzt weiß ich, dass ihr einziges Ziel darin bestand, zu Aegirs Partnerin erklärt zu werden, und es war ihr egal, was sie tun musste, um dieses Ziel zu erreichen. Kritan wollte nie eine Mutter sein. Die Zwillinge waren nur ein Weg, um an Aegir heranzukommen. Gestern erst erfuhr ich die Wahrheit über meine Tochter. Sie ist psychisch krank und braucht Hilfe. Ich entschuldige mich dafür, dass ich ihr geglaubt und nicht früher nach der Wahrheit geforscht habe. Sie hat mich getäuscht, aber sie wird mich nicht länger täuschen. Ich hoffe, dass Sie irgendwann die Dummheit eines alten Mannes verzeihen werden können."

„Kannst du diesen Scheiß glauben?", schreit sie. „Mein eigener Vater hat sich gegen mich gewendet. Er hat herausgefunden, dass ich seine Währungskonten kompromittiert und seine echte Identität benutzt habe, und ist deswegen ausgerastet."

Ich lege das Tablet auf den Tresen. „Wie bist du an diesen Brief von ihm gekommen?"

Sie zuckt mit den Schultern. „Hyro war kurz davor, mich zu verraten. Ich musste ihn aufhalten."

Mein Blut wird kalt. „Ihn aufhalten? Wie?"

„Er liegt gefesselt und geknebelt in unserem Haus auf der anderen Seite der Nachbarschaft."

„In eurem Haus? Ich dachte, du wohnst nicht hier."

„Oh, natürlich wohne ich hier", spöttelt sie und ihre Stimme trieft vor Stolz. „Ich habe endlich einen Weg in diese Nachbarschaft gefunden. Ich habe mir hier vor Kurzem ein kleines Haus gekauft, nur damit ich in Aegirs Nähe sein kann. Ich habe die Identität und die Konten meines Vaters benutzt, um den Kauf zu tätigen. Dann habe ich mich mit einem gefälschten Ausweis in die Kaufpapiere eintragen lassen. Ich bin froh, dass es funktioniert hat."

„Du bist wirklich ein kriminelles Superhirn."

„Das bin ich", stimmt sie zu. „Und ich habe etwas beschlossen. Wenn ich Aegir nicht haben kann, kann auch keine andere ihn haben." Und sie zieht eine Klinge heraus und stürzt sich auf mich.

Mein Leben zieht buchstäblich vor meinen Augen vorbei. Ich springe zurück und sie verfehlt mich und kracht gegen den Tresen. Ich rapple mich auf und renne ins Wohnzimmer.

„Komm zurück!", schreit sie.

Ich renne um eine Ecke. Sie ist direkt hinter mir. Oh Scheiße.

Und dann bricht die Hölle los. Riesige, bewaffnete Hyrrokinen stürmen durch die Fenster und Türen ein, brüllen und trampeln durch das Haus. Es sind mindestens ein Dutzend von ihnen, die Waffen tragen, alle auf Kritan gerichtet. „Nein!", schreit sie, als fünf verschiedene Sicherheitsleute sie zu Boden reißen, entwaffnen und in Handschellen legen.

Ich lehne mich mit dem Rücken an die Wand, atme schwer und rutsche auf meinen Hintern hinunter, wo ich meine Arme um meine Knie schlinge.

„Täter gesichert", ruft eine tiefe Stimme.

Ein weiterer offiziell wirkender Sicherheitsmann tritt vor und listet ihr ihre Anklagepunkte auf. „Kritan Softstone, Sie werden verhaftet und angeklagt wegen Verabreichung von Drogen mit der Absicht der Vergewaltigung sowie des Erwerbs und der Verwendung illegaler Fruchtbarkeitsmedikamente. Und wegen Einbruchs in einen Privathaushalt und Körperverletzung."

„Nein! Ich bin die Mutter deiner Kinder. Das kannst du nicht tun", jammert sie.

Aegir steht in der Tür. Er ignoriert Kritan völlig, sein Blick ist allein auf mich gerichtet.

Das Sicherheitsteam zerrt Kritan schnell nach draußen und in ein wartendes gepanzertes Fahrzeug.

Im Haus ist es plötzlich sehr, sehr ruhig. Ein paar verbleibende Sicherheitsleute sind damit beschäftigt, Beweise zu katalogisieren und einzutüten. Ich sitze immer noch da und versuche zu begreifen, was gerade passiert ist.

Aegir schaut auf die Klinge hinunter, die zu Boden gefallen ist, und dann wieder zu mir. Sein Kiefer verkrampft sich und seine schwarzen Augen werden noch dunkler. Er schreitet direkt auf mich zu und sinkt auf die Knie. Er beugt sich vor und schließt mich in seine Arme, so fest, dass ich kaum atmen kann. „Geht es dir gut?", fragt er mit rauer Stimme.

Ich schaue auf und sehe Bergelmir, der sowohl Kari als auch Loge in seinen Armen hält.

Ich schenke meinen schönen Babys ein Lächeln und bin den Tränen nahe. „Jetzt schon", antworte ich.

RILEY

An diesem Abend bringen Aegir und ich die Babys wie immer ins Bett. Trotz all der Aufregung und der Sicherheitsleute, die stundenlang unser Haus umschwärmt haben und schließlich wieder abgezogen sind, schaffen wir es, für Kari und Loge noch einen Anschein von Normalität aufrechtzuerhalten, was mich glücklich macht.

Aegir schließt leise die Kinderzimmertür und begleitet mich in mein Zimmer. Dann wirft er mir einen letzten erhitzten Blick zu, gefüllt mit all den Emotionen, die er in sich trägt, bevor er entschlossen zurück in sein eigenes Schlafzimmer geht und die Tür hinter sich schließt.

„Ich kann es nicht fassen", murmle ich.

Diese ganze Situation ist mehr als lächerlich. Das hyrrokinische Gesetz ist für mich überhaupt nicht nachvollziehbar. Ich habe vorhin genickt, als Bestla, Methone und sogar Aegir mir die schlechte Nachricht überbrachten, dass das *Urteil immer noch nicht rechtskräftig ist*, und ich habe so getan, als würde ich es verstehen und wäre überhaupt nicht verärgert. Aber eigentlich bin ich kurz davor, meinen verdammten Verstand zu verlieren.

Ich bin so aufgewühlt, dass ich ein Glas Hyrrokinen-Wein zum Abendessen getrunken habe. Und ich mag Wein nicht einmal!

Wie lange soll dieses Spiel noch weitergehen? Kritan ist in unser Haus eingedrungen und hat versucht, mich umzubringen. Sie wurde verhaftet und ins Gefängnis gesteckt. Und das war *nach* all den anderen verrückten Dingen, die sie abgezogen hat. Und trotzdem ist sie rechtlich immer noch an Aegir gebunden, bis das Gericht eine gesonderte Entscheidung in dieser Sache trifft? Alles klar.

Ich wälze mich hin und her und versuche ohne meinen großen roten Hyrrokinen neben mir einzuschlafen, aber in meinem Kopf tauchen immer wieder Bilder von heute Morgen auf, als diese Frau mich angegriffen hat. Aegir hat so verängstigt ausgesehen. Er hat die Klinge gesehen, mit der Kritan mich töten wollte, und ist vor mir auf die Knie gefallen. Er hat mich in seine Arme genommen und geweint. Ich könnte schwören, dass ich Tränen in seinen Augen gesehen habe. Ein Kloß bildet sich in meiner Kehle, wenn ich daran denke, wie Aegir mich festgehalten hat. Ich liebe diesen Mann so sehr, dass es weh tut. Und ich liebe auch seine Babys. Was, wenn Kritan es wirklich geschafft hätte, sie zu entführen und von diesem Planeten schaffen?

Ich liege im Bett und lasse die Tränen fließen, während ich den Tag und die letzten fünf Wochen noch einmal Revue passieren lasse. Ich weine, weil ich möchte, dass diese Familie meine Familie ist, aber ich kann sie nicht haben. Ich weine um zwei Babys, die ihre richtige Mutter verloren haben. Ich weine, weil Aegir so grausam behandelt wurde. Und ich weine, wenn ich an die Klinge denke, die nur Millimeter von meinem Fleisch entfernt war.

Ich weine, bis keine Tränen mehr übrig sind, und schlafe ein – mit Aegir, Kari und Loge im Kopf.

Am nächsten Morgen schlurfe ich in die Dusche und

ziehe mich an. Ich gähne und lächle Kari und Loge an, als ich in das Kinderzimmer komme und meine süßen Babys begrüße. Das Leben geht weiter. Babys brauchen Fürsorge und Nahrung und ich bin entschlossen, ihnen das zu geben – es soll ihnen an nichts fehlen. Ich wechsle ihre Windeln und bringe sie beide nach unten, damit sie mit mir und ihrem Daddy frühstücken können.

Das Haus riecht frisch und sauber. In der Küche und im Wohnzimmer sieht alles perfekt aus, als wäre gestern nie etwas passiert. Die Reinigungs- und Reparaturroboter haben großartige Dienste geleistet und alles schnell repariert. Die zerbrochenen Fenster und Türen, die die Sicherheitsleute zerschlagen haben, sind bereits ersetzt und kein einziger Gegenstand steht an einem anderen Platz. Es ist seltsam zu wissen, dass erst gestern diese Frau hier war, in unserem Haus, und auch eine ganze Menge Wachleute. Kurz herrschte das totale Chaos, aber jetzt ist alles wieder ruhig. Wir leben wieder unseren normalen Tagesablauf, nur wir vier, und Aegir arbeitet von zu Hause aus. Zumindest *glaube* ich, dass wir das tun.

Aegir taucht eine Minute später auf und wirkt glücklich darüber, uns zu sehen. „Guten Morgen", brummt er mit seiner sexy kratzigen Morgenstimme. Er küsst mich auf die Wange und schnappt sich einen Kaffee.

Ich setze sowohl Kari als auch Loge in ihre Hochstühle, damit sie mit dem Essen auf ihren Tabletts spielen können. Dann bringe ich auch mein Frühstück an den Tisch, setze mich neben Aegir und beobachte Loge. Er verbringt eine gefühlte Ewigkeit damit, ein Stück Cornflakes zwischen zwei seiner Krallen zu nehmen und es dann vorsichtig in seinen Mund zu stecken. Ich beobachte seinen Kampf und als er es schließlich schafft und schluckt, begegne ich seinem Blick. „Toll gemacht", lobe ich ihn. „Du hast es geschafft."

Er schenkt mir ein triumphierendes Baby-Lächeln und eine kleine Rauchwolke. So süß.

„Ich habe durch den Intelgram-Account, den du eingerichtet hast, mehr Aufträge bekommen", sagt Aegir.

Ich sehe zu ihm hinüber und bemerke, dass er konzentriert auf sein Tablet starrt. Er ist gewaschen und angezogen und riecht fantastisch wie immer.

„Ach, wirklich?", frage ich unschuldig, obwohl das für mich keine Überraschung ist. Seine Intelgram-Fangemeinde ist explodiert.

Er sieht zu mir auf. „Ist dir klar, dass wir fünfundzwanzig Millionen Follower haben?"

„Ja. Weiß ich." Ich nehme einen Bissen von meinem Schokocroissant und schlucke ihn hinunter. „Nun, *du* hast fünfundzwanzig Millionen Follower. Ich habe kein eigenes Profil. Ich poste nur Sachen über dich und die Babys und deine Familie. Die anderen Hyrrokinen auf Tarvos mögen dich wirklich."

Er wischt mit seiner Kralle über den Bildschirm. Ich sehe, dass er gerade auf seinem Profil ist und es sich ansieht. „Sie mögen mich, weil du mich so darstellst", sagt er.

„Das ist das Gleiche. Ich zeige ihnen, was ich jeden Tag sehe. Ich mag es, mit anderen zu teilen, was hier passiert."

Seine Gesichtszüge werden weicher. „So siehst du also mich und die Zwillinge?"

„Nun, ja."

Aegir kippt sein Tablet in meine Richtung: „Schau dir das an." Er zeigt mir ein Foto nach dem anderen, das ich in den letzten sechs Wochen gepostet habe und das ihn in einer Vielzahl von sexy Posen zeigt. Nun, sexy in meinen Augen und in denen seiner Follower, aber es ist Aegir, wie er einfach er selbst ist. Da ist das Foto, das ich von Aegir im Profil aufgenommen habe, nachdenklich, wie er an seinem

Schreibtisch sitzt und arbeitet. Ich liebe dieses Bild – er sieht darauf so fleißig und in Gedanken versunken aus. Auf anderen hält er seine Babys, spielt mit ihnen spielt, tanzt mit ihnen, liegt mit ihnen in der Nachmittagssonne. Fotos davon, wie er sie füttert. Wie sie beide auf seiner Brust schlafen. Wie er mit ihnen Feuerspeien spielt. Auch Fotos von seiner Mutter und seinem Bruder, wie sie mit ihm und den Babys spielen. Wie sie alle zusammen lachen. Bilder von den Touchstone-Brüdern zusammen. Es ist bezaubernd. Diese Fotos spiegeln wider, was ich erlebt habe, seit ich hier angekommen bin.

„Aber von dir gibt es da kein einziges Foto", sagt er.

Ich bin fassungslos. „Natürlich nicht. Das ist dein Profil, nicht meins. Ich habe nicht mal eines. Ich gebe zu, dass ich zu Beginn einmal ein Foto von dir und den Zwillingen an meine Freundin Chloe geschickt habe, aber ansonsten war ich total diskret. Ich liebe es, Fotos von dir und den Zwillingen zu machen, also poste ich sie auf deinen sozialen Medien. Du hast gesagt, das wäre okay. Ich habe dir das Passwort für dein Konto gegeben, also habe ich angenommen, dass du immer wieder reinsiehst, um sicherzugehen, dass ich nur Bilder poste, die du für angemessen hältst."

„Ich mag es nicht, dass ich mit Kari und Loge und meiner Mutter und meinem Bruder darauf bin, aber ohne dich. Die Hyrrokinen denken, ich bin ein alleinerziehender Vater ohne Partnerin."

„Aber du *bist* ein Männchen ohne Partnerin."

Sein Brustkorb bläht sich auf und eine Rauchwolke entweicht aus seinen Nasenlöchern. Er öffnet den Mund, um noch etwas zu sagen, aber dann beginnt sein Tablet rot zu blinken. Er flucht leise vor sich hin. „Ich muss ins Gericht fahren."

„Du musst schon wieder los?" Der Rauch juckt mich in

der Nase. Gestern hätte es sehr, sehr schlimm für mich enden können. Einen Zentimeter weiter links und ich wäre auf der Krankenstation gelandet. Ich bin überrascht, dass es mir so gut geht, wenn man bedenkt, dass ich fast getötet wurde und die Babys fast entführt wurden.

Er greift nach vorne und packt meine Hand mit seiner riesigen Klaue. „Keine Sorge, Riley, dieses Haus ist jetzt so gut bewacht, dass es sicherer ist als der Präsidentenpalast."

Ich beiße mir auf die Lippe. „Danke."

Er steht auf und küsst meinen Scheitel und küsst beide Babys zum Abschied. „Das ist das Ende dieser Angelegenheit, ich verspreche es. Diesmal bin ich wirklich bald wieder da."

MEIN ERSTER HINWEIS DARAUF, dass etwas im Busch ist, sind Bestla und Bergelmir, die zu uns kommen, um Kari und Loge abzuholen.

Bestla gibt den Babys ihre liebevollen Oma-Küsse. „Sie bleiben heute Nacht bei mir", verkündet sie und zwinkert mir zu, „damit du eine Pause machen kannst. Vielleicht behalte ich sie sogar für länger als eine Nacht, also packen wir mindestens für zwei."

Zwei Nächte? Ich blinzle überrascht, aber ich stelle ein Geschenk dieser Größenordnung nicht infrage. Ich mache so schnell ich kann, aber es dauert eine Stunde, bis beide Babys angezogen, gefüttert und bereit sind. Ich gebe Bestla ihren Zeitplan mit und zeige ihr, wann die letzte Fütterung und der letzte Mittagsschlaf waren. Im nächsten Augenblick bringt Bergelmir ihre Kindersitze in Bestlas großen Wagen, bevor sie zu viert den Parkplatz verlassen und ich meinen Babys mit einer seltsamen Mischung aus Traurigkeit und Freude zum Abschied winke. Ich war seit meiner Ankunft nicht mehr von ihnen getrennt.

Dreißig Minuten später höre ich, wie sich die Haustüre öffnet, und ich weiß, dass Aegir zurück ist.

Ich hüpfe vor Ungeduld auf und ab.

Die Tür, die das Haus mit dem Parkplatz verbindet, öffnet und schließt sich. „Riley?", ruft er.

„Ich bin hier drin."

Er erscheint in der Küche. Sein riesiger Körper nimmt den ganzen verfügbaren Platz ein und er starrt mich mit einem hitzigen Blick an, der lange Nächte und versaute Stellungen verspricht. Mir läuft das Wasser im Mund zusammen beim Anblick der nackten roten Männerbrust und dem Geräusch seiner rauen Atemzüge. Seine Krallen zucken an seinen Seiten, als könne er sich kaum noch davon abhalten, mich zu berühren.

„Das Gericht hat heute erklärt, dass Kritan Softstone nicht mehr die rechtliche Mutter oder der Vormund von Kari und Loge Touchstone ist. Sie kann nicht länger behaupten, dass ich an sie gebunden bin. Ich bin nun rechtlich frei, mir eine neue Partnerin zu suchen."

Mir schießen sofort die Tränen in die Augen. „Wirklich?"

„Wirklich."

Meine Nase juckt schon wieder, aber vielleicht weine ich sogar schon.

Er pirscht sich an mich heran, seinen Stachelschweif trägt er hocherhoben in der Luft hinter sich. Er knurrt tief in seiner Kehle. Rauch quillt aus seinen Nasenlöchern.

Wer ist diese Bestie?

„Es ist niemand in diesem Haus außer uns beiden. Kari und Loge sind bei meiner Mutter und Methone. Bergelmir habe ich verboten, sich hier blicken zu lassen. Ich habe den Wachen am Eingangstor gesagt, dass uns niemand stören darf."

„Was ist, wenn der Präsident dich braucht?"

„Nicht einmal er. Nur eine Apokalypse wäre ein angemessener Grund, mich jetzt zu stören."

„Nun, wenn die Babys morgen zurückkommen –"

„Die Babys bleiben dieses Wochenende bei meiner Mutter."

Ich kann es nicht glauben. „Das ganze Wochenende?"

„Ja. Zieh dich aus."

Ich schaue mich in der Küche um. „Hier?"

„Du hast recht. Nicht hier."

Und dann hebt er mich hoch und trägt mich mit seinen kräftigen Armen und Beinen quer durch den Raum und die Treppe hinauf, als wäre ich leicht wie Luft. Ich kichere und schlinge meine Arme um seinen muskulösen Hals. In wenigen Minuten sind wir in seinem Schlafzimmer.

Er tritt die Tür auf und wirft mich auf das Bett. „Das ist jetzt dein Zimmer. Du ziehst hier mit mir ein. Ich bin es leid, ohne dich zu schlafen."

„Klingt nach einem guten Plan."

Seine Knie sind auf dem Bett und sein Körper bedeckt mich, als seine schwarzen Lippen sich auf meine senken. Grundgütiger, ich liebe das Kratzen seiner Reißzähne auf meiner Haut. Ich lutsche an seiner gespaltenen Zunge, presse meinen Körper dicht an seinen, spüre seinen dicken Schaft durch den Stoff unserer Kleider hindurch. Ich brauche ihn in mir, dringend. Nur er kann den Druck lindern, der sich seit über zwei Monaten in mir aufgebaut hat.

Er zieht meinen kurzen Rock nach oben und reißt mir den Schlüpfer herunter.

Währenddessen küsst er mich immer noch. Und es ist ein episches Gefühl.

Sicher, ich bin schon mal geküsst worden. Ich bin vielleicht noch Jungfrau, aber das heißt nicht, dass ich nicht schon mit Männern zusammen war. Ich habe es nur noch nie ganz durchgezogen. Aber ich bin schon ewig nicht mehr geküsst worden. Und das ist sicherlich der beste Kuss aller Zeiten. Nein, nein, Moment. Der Kuss, den Aegir mir in der Küche gegeben hat – *das* war der beste Kuss aller Zeiten.

Er zieht mein Schlauchtop hoch und ich ziehe es mir über den Kopf aus. Und dann starrt er auf meine Brüste, als hätte er den heiligen Gral entdeckt. „Das wollte ich schon die letzten sechs Wochen", raspelt er. Er saugt an meinen Brustwarzen, eine nach der anderen, und ich sterbe vor Lust.

Gierig fahre ich mit meinen Händen über seine Arme und seinen Rücken und die Vorderseite seiner Brust hinunter, um diese harten, harten Bauchmuskeln nachzuzeichnen.

Er hebt den Kopf. „Dieses Mal wird es schnell gehen, weil ich es nicht erwarten kann. Das nächste Mal lassen wir uns mehr Zeit."

Dann steht er auf, öffnet seine Hose und schiebt sie über seine Hüften nach unten. Sein üppiger roter Schwanz erwacht zum Leben. Ein Mini-Orgasmus rauscht durch meine Weiblichkeit. Diese ganze, harte Länge – alles nur für mich? Sperma tropft bereits aus dem Schlitz an der Spitze. Er kickt seine Hose weg und steht nun nackt vor mir.

Ich betrachte ihn, als ob es meine Lebensaufgabe wäre. Von der Spitze seiner schwarzen Hörner bis zu den Spitzen seiner riesigen, krallenbewehrten roten Füße. „Du bist wunderschön", sage ich zu ihm.

Er lacht aus tiefstem Herzen. „Das hast du nicht gedacht, als du mich das erste Mal getroffen hast."

Ich kann nichts für die Röte, die sich auf meinen Wangen ausbreitet. „Das war, bevor ich dich kennengelernt habe." Ich lecke mir über die Lippen, während ich weiter auf die enorme Erektion starre, die vor ihm herausragt. „Wird er passen?"

Er fasst sich an seinen Schaft und pumpt ihn ein paar Mal fest. „Ich bin sicher, du kannst damit umgehen."

Ich schwöre, er hat recht; meine Muschi ist so klatsch-

nass, dass es mir schon fast peinlich ist. Ich ziehe meinen
Rock aus, sodass nichts mehr zwischen uns steht. Jetzt bin
ich nackt und liege auf dem Bett. Plötzlich kommen alle
Sorgen, die ich je hatte – dass ich nicht hübsch genug bin
oder zu schwer oder dick oder dass meine Brüste zu wenig
straff sind –, wieder hoch und ich versuche, mich zu
bedecken.

Er ergreift meine Hand. „Stopp. Verdecke nichts von dir.
Ich will alles sehen. Verweigere mir dieses Vergnügen nicht."

Ich seufze erfreut, aber meine Sorgen lassen sich nicht so
einfach wegschieben, nicht nachdem sie seit meiner Kind-
heit, als ich das dickste Mädchen in meiner Klasse war, tief
in mir verwurzelt sind. „Ich gelte als groß und zu dick auf
der Neuen Erde."

„Das hast du mir schon mal gesagt und ich verstehe es
nicht. Du bist klein und stark und deine Brustwarzen und
dein Arsch sind die absolute Perfektion. Du bist die
erotischste Frau, die ich je gesehen habe. Du bist
umwerfend."

Tränen bilden sich in meinen Augen. Das ist es, was Aegir
immer in mir gesehen hat.

„Bist du verärgert?"

„Nein. Ich bin einfach nur glücklich. Sehr glücklich."

„Das bin ich auch, denn mein Weibchen ist hier, in
meinem Bett. Genau da, wo sie hingehört."

Dann spreizt er meine Beine und leckt mich mit dieser
verruchten Zunge.

Kann ein Mädchen vor Vergnügen sterben?

Sein rotes Gesicht zwischen meinen Schenkeln ist so
verdammt erotisch, dass ich ohnmächtig werden könnte. Ich
greife wieder nach seinen Hörnern, wie beim letzten Mal,
und halte mich gut fest für den nächsten wilden Ritt. Seine
gespaltene Zunge bearbeitet meine Klitoris, als wäre es sein
Job. Das hat er auch in der Küche gemacht, aber dieses Mal

müssen wir uns keine Sorgen machen, dass uns jemand dabei erwischt. Ich reibe meine Hüften gegen seinen Mund, will mehr und mehr.

Aber dann hebt er seinen Kopf und lässt plötzlich von mir ab, sodass keuchen muss. „Ich will, dass du um meinen Schwanz kommst", sagt er und fingert sanft mit seiner Klaue meine Muschi. Ich kann das schlüpfrige Geräusch meiner eigenen Säfte hören. „Du bist bereit."

Oh ja, ich bin bereit.

Er hebt mein Knie an, bewegt sich über mich und positioniert die Spitze seines prächtigen Schwanzes an meinem Eingang.

Ich packe seinen Bizeps. „Ich bin froh, dass du mein Erster sein wirst."

„Ich werde dein Erster und dein Letzter sein." Ich kann die Zärtlichkeit in seinen dunklen Augen nicht übersehen, als er sich herunterbeugt, mich mit seinem riesigen Körper bedeckt und seine Lippen auf die meinen presst. „Kein anderer Mann wird dies berühren außer mir. Für immer. Ich werde dich mit meinem Samen füllen und zusehen, wie du mit meinen Nachkommen rund wirst."

„Okay", wimmere ich. Ich will es auch. Es ist mein Traum. Ich will meine Zukunft mit Aegir verbringen.

Er schiebt die Spitze seines Schwanzes hinein und stöhnt meinen Namen.

Ich sauge scharf Luft ein.

Er hält inne und starrt auf mich herab. „Alles in Ordnung?"

„Es tut weh", gebe ich zu.

Sofort wird Aegir langsamer und schiebt seinen Monsterschwanz vorsichtig immer weiter hinein. Es dauert eine Weile, bis er seine beeindruckende Länge behutsam in mich einführt. Er zittert vor Anstrengung, bedacht darauf, es für mich zu einem schönen Erlebnis zu machen.

Endlich fängt es an, sich besser anzufühlen. So viel besser. Meinen Vibrator werde ich wohl wegwerfen können. Ich küsse ihn innig, schlinge meine Arme um seinen Hals und meine Beine um seine Hüften und versuche, mich unter ihm zu bewegen, um mehr von diesem Schwanz zu bekommen. Ich weiß, dass er versteht, wie bereit ich bin, denn mit einem letzten Stoß ist er ganz in mir.

Das Gefühl raubt mir den Atem und ich schwöre, ich sehe Sterne. „Oh Himmel", stöhne ich gegen seine Lippen und grabe meine Fingernägel in seine Schultern. „Beweg dich", flehe ich. „Beweg dich."

Er vergräbt sich in mir, wieder und wieder. Sein harter Schaft ist tief in mir vergraben und berührt Stellen, von denen ich nicht einmal wusste, dass sie existieren. Ich gebe verzweifelte Laute von mir und gebe mich ihm hin, als wäre der Sex mit ihm das beste Geschenk, das ich je bekommen habe.

Und dann stützt sich mein neu gewonnener Ehemann auf einen Arm und greift mit dem anderen nach unten, um meine Klitoris zu fingern, während er mich fickt.

Ach du meine Güte. Mehr ist nicht nötig. Ich gebe mich meiner Leidenschaft hin und lasse mich von meinem Höhepunkt mitreißen.

Ich schreie, denn härter bin ich noch nie in meinem Leben gekommen. Starke, ruckartige Kontraktionen rollen durch meine Mitte und bis hinunter zu meinen Zehen. Mein Inneres klammert sich hart um seinen Schwanz. Das Beben geht weiter und weiter und ich fühle mich wie betäubt von dieser geballten Ladung Lust, die mich durchströmt.

Aegir stößt ein letztes Mal leidenschaftlich in mich hinein und verharrt dann über mir. Auch er ist bereit, loszulassen. Er wirft seinen Kopf zurück und stößt ein mächtiges Brüllen aus. Ich starre nach oben auf die Pracht seines muskulösen Halses und sehe auch, wie seine scharfen Reißzähne aufblitzen. Dann schließe ich die Augen und lächle glücklich über den warmen Strahl seines Samens, der sich in mir ergießt. Es ist so viel. Er kommt immer wieder, scheint Welle um Welle seines eigenen Orgasmus auszureiten. Dann bricht er schließlich schweißgebadet neben mir zusammen.

Er leckt mir den Nacken, hüllt mich in eine feste Umarmung und ich lächle zufrieden und erschöpft.

AEGIR

*I*ch wache im Morgengrauen auf, rolle mich auf die Seite und lege meine Klaue zwischen die Beine meiner Partnerin. Sie ist immer noch feucht und bereit für mich. Perfekt, denn ich bin auch bereit für sie. Ich lege meine Krallen auf sie, positioniere mich zwischen ihren Schenkeln und schiebe meinen harten Schwanz in ihre schlüpfrige Hitze. Verdammt, ich will hier nie wieder weg. Ich könnte mein ganzes Leben lang in ihr vergraben bleiben und es wäre noch immer nicht genug. Sie wacht auf, als ich mich zu bewegen beginne, schlingt ihre Arme um mich und hält sich fest. Ihre riesigen Brüste werden gegen meine Brust gepresst und ich greife nach unten und sauge erst an dem einen Nippel, dann an dem anderen. Ich liebe es, ihren weichen Körper unter meinem zu haben. Sie ist perfekt. Riley schlingt ihre Beine um mich und rammt ihre Fersen in meinen Hintern und es dauert nicht lange, bis wir gleichzeitig kommen. Ich küsse sie hart und stöhne gegen ihre Lippen, während ich meinen Samen in ihre heiße Muschi spritze.

Wir sind beide heiß und verschwitzt. „Lass uns in die Dusche gehen", sage ich.

Ich kann nicht glauben, dass sie endlich mein ist. Was habe ich getan, um das zu verdienen?

Ich bringe sie in die Dusche und falle erneut über sie her, weil ich nicht genug von ihr kriegen kann. Auf meinen Knien lecke ich ihre Muschi, bis sie einen weiteren Orgasmus durchlebt. Dann drücke ich mein Weibchen auf die Knie und verspritze meinen Saft auf ihren perfekten Titten. Ich habe mich in eine tobende Bestie aus alten Zeiten verwandelt, wie die alten Hyrrokinen, die durch das Land zogen, Dörfer in Brand steckten und plünderten und sich einfach nur paarten, weil ihr Instinkt oder ihre Hormone es einforderten. Ich bin nicht so wild wie meine Vorfahren, aber fast.

Danach lasse ich ihr ein warmes Bad ein, damit sie sich ausruhen und entspannen kann. Ich habe sie benutzt und sie ist wund. Sie braucht eine Pause. Ich habe meinen Samen letzte Nacht und heute Morgen viele Male in sie gepflanzt. Sie riecht nach mir, innerlich wie äußerlich. Und ich hoffe, dass ich unseren nächsten Nachkommen gezeugt habe.

Schließlich hebe ich sie aus dem Wasser, trockne sie ab und trage sie auf unser Bett, schlinge meine Arme um sie und wir schlafen wieder ein. Später wache ich auf und sehe, wie sie ihren Schlafanzug anzieht und sich aus unserem Bett schleicht. Ich lege meine Klaue auf ihre Hüfte: „Wo gehst du hin?"

„Ich hole meine Sachen aus meinem Zimmer, weil ich hier einziehe, und zwar heute. Ich will nicht immer zwischen den Zimmern hin und herlaufen."

Ich bin ihrer Meinung, also stehe ich auch auf, um ihr zu helfen, ihre persönlichen Gegenstände in unser Zimmer zu bringen. „Das ist jetzt *unser* Schlafzimmer", sage ich zu ihr. „Dein altes Zimmer ist das Gästezimmer."

„Oder es kann ein zukünftiges Kinderzimmer sein."

Ich grinse. „Das auch."

Wir sammeln ihre Sachen ein, was nicht viel ist, und ich folge ihr zurück in unser Zimmer. Ich trage einen Korb mit ihren persönlichen Hygieneprodukten für Frauen und Schönheitsartikeln, die mir völlig fremd sind, und sie zieht ihren roten Koffer hinter sich her. Im Zimmer führe ich sie zum Kleiderschrank, schalte das Licht an und der große Raum wird erhellt. Er ist schick und geräumig und im Grunde leer. Ich besitze nur sehr wenige Kleidungsstücke.

Riley bleibt stehen und starrt auf all die leeren Schränke – ihr Mund klappt vor Überraschung auf. „Es ist, als hättest du darauf gewartet, dass ich hier reinkomme und die ganzen freien Flächen mit meinen Sachen fülle", witzelt sie.

„Das habe ich. Ich habe mein ganzes Leben auf dich gewartet, habe mich in meine Arbeit gestürzt, weil ich nie dachte, dass ich eine Frau finden würde, die mich so liebt, wie ich bin. Ja, ich bin ein Milliardär, aber ich gebe selten etwas aus und gehe auch nie aus. Die meisten Weibchen wären mit diesem häuslichen Lebensstil nicht einverstanden."

„Nun, zufälligerweise bleibe ich auch lieber zu Hause." Sie lässt ihren Koffer fallen, stellt sich vor mich und drückt mich mit einer Handfläche gegen die Wand. „Und ich liebe *dich*", erklärt sie. „Ich liebe den Aegir Touchstone, der seine beiden Babys bei sich aufgenommen hat, ohne nach einem Vaterschaftstest zu fragen. Den, der herausgefunden hat, dass er Vater ist, und sich nicht vor der Verantwortung gedrückt hat." Sie küsst mich auf den Bauch und mein Schwanz zuckt als Antwort. „Ich liebe das Männchen, das laute menschliche Musik erträgt und geduldig zulässt, dass ich ihn in einen Intelgram-Influencer verwandle." Sie reißt mir die Pyjamahose herunter und sinkt auf die Knie, um meinen harten Schwanz zu küssen. „Und ich liebe den Aegir, der seiner Mutter und seinem Bruder treu ergeben ist."

Ich greife nach unten und fahre mit meinen Krallen

durch ihr seidiges Menschenhaar. „Ich bin ein skrupelloser Geschäftsmann", gebe ich zu. „Ich bin nicht so weit gekommen, indem ich immer lieb und nett war."

„Ich weiß", sagt sie, während sie versucht, ihre Hand um den Ansatz meines roten Schafts zu wickeln, „und das liebe ich auch an dir."

„Ich werde dich nie zu einem Date ausführen", warne ich sie. „Wir werden nicht in Restaurants gehen."

„Bin ich froh", antwortet sie. „Ich mag lieber selbst gekochte Mahlzeiten."

Und dann nimmt sie meinen Schwanz in den Mund und ich werfe meinen Kopf zurück und stoße ein kehliges Stöhnen aus. Sie bearbeitet mich weiter und tut ihr Bestes, um meinen riesigen roten Schwanz in ihren engen, kleinen menschlichen Mund zu nehmen. Ich schätze ihre Entschlossenheit, unterbreche sie aber, weil sich meine Eier schon zusammenziehen und ich in ihrer heißen Muschi kommen will. Ich beuge mich hinunter, hebe sie hoch und setze sie auf meinen Schwanz. Und dann ficke ich sie gegen die Wand im begehbaren Kleiderschrank. Ihre Brüste wackeln, während ich mich hart in sie stoße. Ich greife nach unten, streiche über ihre Klitoris, und sie schreit auf, als ihre Muschi sich um meinen Schaft verkrampft. Kurz darauf spritze ich in sie hinein, Welle um Welle. Als ich endlich fertig bin, ziehe ich mich aus ihr zurück und sehe zu, wie mein Sperma aus ihrem Körper tropft. Ein besitzergreifendes Knurren dröhnt in meiner Brust. Ich werde sie wieder und wieder füllen, bis sie mit meinem Nachwuchs angeschwollen ist.

Als Nächstes rennen wir nackt und lachend in die Küche, um Kaffee und ein Tablett mit Essen zu holen, damit wir ein spätes Frühstück im Bett zelebrieren können. Ich schalte einen Videokanal ein und wir verbringen den Rest des Tages damit, gemeinsam im Bett zu faulenzen. Wir schlafen, essen, reden, ficken und duschen – und dann ficken wir noch mehr. Es ist der beste Tag meines Lebens.

Endlich geht die Sonne unter und ich weiß, dass es an der Zeit ist, in die Gänge zu kommen. Ich führe sie zurück in die Dusche und fordere sie auf, richtige Kleidung anzuziehen, nicht nur einen Schlafanzug.

„Warum?"

„Wir essen unten", sage ich und gebe ihr damit nur eine vage Antwort.

„Unten? Okay", lacht sie. „Wenn du willst."

Nachdem wir beide angezogen und vorzeigbar sind, nehme ich Riley an der Hand und wir gehen gemeinsam die Treppe hinunter. Plötzlich gehen die Lichter an und vor uns steht ein ganzer Haufen von ihren Hyrrokinen-Freunden und Familie und schreit: „Überraschung!"

„Was ist das?", keucht sie.

„Verlobungsfeier", flüstere ich ihr ins Ohr.

„Das ist eure Partnerschafts-Deklarations-Party", ruft meine Mutter mit Tränen in den Augen. Sie steht ganz vorne, mit beiden Babys und Methone neben sich. Meine Mutter und ihre Freundin sind völlig aus dem Häuschen darüber, dass Riley meine Partnerin wird. Sie lieben sie wahrscheinlich mehr als ich, sofern das überhaupt möglich ist.

Rileys Müttergruppe aus der Nachbarschaft ist hier, zusammen mit den anderen Hyrrokinen-Müttern, von denen ich weiß, dass sie mit ihnen befreundet ist. Ich habe meine Mutter und ihre Freundin und auch meinen Bruder eingeladen sowie eine Handvoll enger Mitarbeiter und Geschäftskontakte. Es sind auch ein paar entfernte Familien-mitglieder hier, die ich normalerweise nie sehe sowie einige meiner alten Kameraden aus dem Militär. Es ist eine sehr eklektische Mischung von Hyrrokinen.

Rileys Mund klappt auf und eine fröhliches und lautstarkes Geschnatter bricht aus, als die Weibchen sich gegenseitig mit Ausrufen der Freude begrüßen. Ich bin so froh, dass wir das durchgezogen haben. Das Treffen mit meiner Mutter und ihrer Freundin gestern, um unserer Überraschungsparty den letzten Schliff zu verleihen, ist der wahre Grund, warum ich gestern später nach Hause gekommen bin als geplant. Ich habe es gehasst, Riley auch nur eine Sekunde länger als nötig alleine zu lassen, aber es war nötig, damit heute alles läuft wie am Schnürchen. Ich halte inne, um meine Mutter zu umarmen, denn ich kann sehen, dass sie sich den Arsch aufgerissen hat, was Dekoration und Essen angeht. Alles ist perfekt für meine Partnerin.

Dann marschiere ich los und begrüße alle Freunde und meine Familie, die gekommen sind, um unserer großen Partnerschafts-Deklaration beizuwohnen. Dreißig Minuten vergehen, bevor Bestla ihre Klaue auf meine Schulter legt und mich wissen lässt, dass es Zeit ist. Ich nicke und gehe hinüber zu Riley und ziehe sie aus einer lebhaften Gruppe von Weibchen und Babys. Dann führe ich uns in die Mitte des Raums. Die anderen Hyrrokinen hören auf zu reden und drehen sich um, um uns schweigend anzustarren.

Mein Weibchen sieht sich verwirrt um. „Was ist denn los?"

„Riley...", sage ich mit tiefer, rauer Stimme. Ich nehme ihre kleine Hand in meine. Ich kann nicht glauben, dass ich das gleich vor all den Leuten machen werde, aber jedes Mittel ist mir recht, um meine Freundin glücklich zu machen. „Ich weiß, dass du die Bräuche der Menschen auf dem Originalplaneten magst", sage ich zu ihr. „Also habe ich Hochzeiten auf der Erde recherchiert und etwas gefunden. Tatsächlich habe ich das in dieser Show gesehen, die du magst. Also ..."

Ich gehe vor ihr auf die Knie, vor allen, die wir kennen.

„Ach du lieber Himmel", haucht sie.

Meine Mutter filmt alles mit ihrem Tablet, damit wir es später auf meinem Intelgram-Profil posten können, damit es von den Medien aufgegriffen und auf dem ganzen Planeten verbreitet wird. Sehr bald wird jeder wissen, dass ich nicht länger ein alleinstehender Hyrrokine bin. Ich habe dieses Menschenweibchen als meine Gefährtin ausgewählt und wenn sie meinen Antrag annimmt, bin ich der glücklichste Mann der Welt.

Ich nehme ihre Hand in meine Klaue. Sie hat Tränen in den Augen.

„Riley", beginne ich erneut. „Wir stehen heute hier vor unseren Freunden und unserer Familie, weil ich öffentlich verkünden möchte, wie glücklich ich mich schätzen kann, dich in meinem Leben zu haben. Ich bin dankbar für die Art und Weise, wie du dich um meine Nachkommen kümmerst, als wären es deine eigenen, und ich bin dankbar für die Art und Weise, wie du dich um mich und meine Mutter und meinen Bruder kümmerst. Du bist nicht nur meine beste Freundin, sondern auch meine Gefährtin. Ich weiß, dass du ursprünglich nur für einen vorübergehenden Auftrag hierhergekommen bist, aber ich habe festgestellt, dass ich ohne dich nicht leben kann. Wirst du auch weiterhin mit mir und meinen Kindern in meinem Haus leben?"

Ich ziehe eine kleine schwarze Schachtel aus meiner Tasche. Ich öffne sie und sie staunt über den riesigen, funkelnden Ring, der zum Vorschein kommt.

„Auf Tarvos tauschen wir nur Gelübde aus, keinen Schmuck. Aber für die Menschen auf der Erde ist der Austausch von Ringen ein starkes Symbol des gegenseitigen Zugeständnisses. Riley Anderson, ich liebe dich von ganzem Herzen. Willst du mich heiraten und Riley Touchstone werden, meine Partnerin, ein geschätztes Mitglied meiner Familie und die Mutter meiner zukünftigen Nachkommen?"

Plötzlich breitet sich Panik in mir aus. Was, wenn ich

falsch liege? Was, wenn sie nicht bereit für diese Art von Verbindung ist?

Als sie mich ansieht, liegt so viel Liebe und Zärtlichkeit in ihren hellen menschlichen Augen. „Aegir, ich liebe dich und es wäre mir eine Ehre, eine Touchstone zu werden. Ja, ich will dich heiraten und deine Partnerin und die Mutter deiner Kinder werden."

Ich hole den Ring aus der Schachtel und stecke ihn ihr an den Finger. Dann stehe ich auf, ziehe mein Weibchen in meine Arme und küsse sie mit all der Leidenschaft, die in mir steckt, vor den Augen aller.

Um uns herum ertönen lautes Klatschen und Pfiffe der Zustimmung.

Schließlich unterbreche ich unseren sengend heißen Kuss und umschließe ihr wunderschönes Gesicht mit meinen rauen Krallen. „Wirst du für den Rest unserer Jahre auf Tarvos bleiben, bei mir und meinen Nachkommen?", frage ich.

„Ja. Ja, bitte."

„Es macht dir nichts aus, dass wir nicht auf der Neuen Erde leben werden?"

„Zur Hölle, nein", platzt es aus ihr heraus. „Ich hasse meinen Heimatplaneten. Ich mag Tarvos viel lieber. Denkst du, ich kann die Staatsbürgerschaft bekommen?"

„Wenn du dich an mich bindest, wirst du automatisch eine Bürgerin von Tarvos."

„Oh, das ist wunderbar."

„Du bist das Beste, was mir und meinem Nachwuchs je passiert ist. Du bist eine unglaubliche Mutter."

„Mutter?" Sie fängt wieder an zu weinen. „Ich bin eine Mutter?"

„Ja, du bist die Mutter von Kari und Loge. Ich hoffe, dass du auch ihre gesetzliche Mutter wirst, wenn wir für die Partnerschaftszeremonie zum Gericht gehen. Dann können wir es offiziell machen."

„Das wäre wundervoll."

Und dann kommt Bergelmir mit einem Tablet zu uns, auf dem ein Video läuft. Riley quiekt vor Freude, als sie sieht, dass es tatsächlich ihre beste Freundin Chloe ist. Bergelmir hat das Tablet während meines Antrags so gehalten, dass die beste Freundin meines Weibchens alles mitverfolgen konnte und das Gefühl hatte, direkt dabei zu sein. Riley schnappt sich das Tablet und geht damit weg, während sie aufgeregt mit ihrer Freundin plaudert.

Ich begegne dem ruhigen Blick meines Bruders. „Du bist der Nächste", sage ich zu ihm. „Ich will das auch für dich. Ich hatte ja keine Ahnung, wie gut sich das anfühlt. Du musst deine eigene Partnerin finden."

Mein Bruder grunzt zustimmend.

EPILOG

Aegir

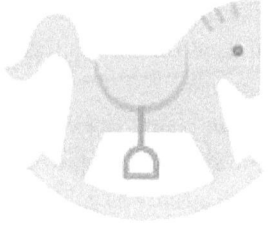

ünf Jahre später ...

Ich wache im Bett auf, mit Rileys Körper um meinen drapiert und mit einem riesigen Lächeln auf dem Gesicht.

So wache ich jeden Morgen auf und ich war noch nie glücklicher. Ich habe meine Partnerin bei mir, meine Zwillinge, meinen jüngeren Sohn und meine kleine Tochter –

und jetzt ist meine Partnerin wieder schwanger mit einer weiteren Tochter.

Ich lege meine Klaue auf ihren geschwollenen Bauch. Ich liebe es, wenn sie schwanger ist. Und ich liebe es, sie zu ficken, während sie schwanger ist. Mein Schaft ist schon hart. Sie hat zwei meiner Sprösslinge zur Welt gebracht und ist mit einem weiteren schwanger, und wir planen, noch mindestens einen weiteren zu bekommen. Was bedeutet, dass wir bald insgesamt sechs Kinder haben werden.

Aus diesem Grund haben wir eine Nanny eingestellt.

Bei so viel Nachwuchs in unserem Haus und der Tatsache, dass ich noch arbeite, war das eine einfache Entscheidung. Wir brauchten wirklich ein zusätzliches Paar Krallen zur Hilfe. Erst haben wir überlegt einen Menschen einzustellen, aber Riley entschied, dass es das Beste sei, eine Hyrrokinen-Nanny zu suchen. Sie wollte den Hyrrokinen-Müttern beweisen, dass wir nicht wirklich glauben, dass menschliche Nannys die besten Betreuer für Kleinkinder sind. „Mütter, die ihre Babys lieben, sind die besten, egal welcher Spezies", sagt mein Weibchen immer.

Ruthcon, unsere neue Nanny, ist eine erfahrene Hyrrokinen-Großmutter, und sie passt gut in unsere Familie. Ich mag es, wie sie hilft, unseren verrückten Haushalt mit zwei Fünfjährigen, einem Dreijährigen, einer Zweijährigen und meiner hochschwangeren Frau zu schaukeln.

Meine Partnerin hat unser gesamtes Untergeschoss als Privatwohnung für die Nanny umbauen lassen, einschließlich fortschrittlichem Lebensmittelautomaten und separatem Eingang. Sie sagt, das wäre die Art von Einrichtung, die sie sich gewünscht hätte, als sie selbst noch in fremden Haushalten gearbeitet hat, und deshalb wollte sie das an ihre eigene Mitarbeiterin weitergeben.

Riley ist nicht nur mit unseren quietschfidelen Nachkommen beschäftigt, sondern sie verwaltet auch unser gemeinsames Intelgram-Profil, das mittlerweile ein Geschäft für sich ist. Unser Konto ist auf schwindelerregende einhundertfünfzig Millionen Follower angewachsen. Alle finden unser Leben zu Hause faszinierend – Aegir Touchstone und seine menschliche Partnerin. Sie lieben Bilder und Videos von unserem halb menschlichen, halb Hyrrokinen-Nachwuchs und von unseren reinrassigen Hyrrokinen-Zwillingen. Riley genießt es, unser Leben für die Hyrrokinen von Tarvos zu dokumentieren. Ihre Kochvideos mit Menschen-Gerichten sind sehr beliebt. Mein Weibchen hat sich mit ihrem bezaubernden menschlichen Lächeln und ihrer schrulligen Vorliebe für seltsame menschliche Lieder zu einem ziemlichen Hyrrokinen-Influencer entwickelt. Sie verlangt von Sponsoren siebenhunderttausend Credits pro Intelgram-Post. Es ist erstaunlich, wie schnell sie unseren Reichtum vermehrt.

„Ich bin ein unternehmerisch denkendes Hyrrokinen-Weibchen, das dir hilft, dein Geschäft zu führen", sagt sie.

Ich verpasse ihr einen Klaps auf ihren perfekten Hintern und stimme ihr zu: „Ja, das bist du", denn es ist wahr und ich liebe diese Frau mehr als das Leben selbst.

Riley nennt uns „Stubenhocker" – Hyrrokinen, die gerne zu Hause sind, dort arbeiten und spielen. Wir gehen immer noch selten aus. Unser Garten ist der Traum jedes Kindes mit all den unterschiedlichen Spielmöglichkeiten. Riley bringt die Zwillinge zur Schule und manchmal nehme ich mir frei, um bei ihren Schulfesten dabei zu sein oder um bei Aktivitäten aufzutauchen, die speziell für Väter und ihre Kinder veranstaltet werden.

Unser Leben ist mehr, als ich mir jemals hätte erhoffen können.

„Es ist Wochenende", mahnt mich meine Partnerin mit ihrer rauen Stimme, als sie aufwacht. „Das bedeutet Frühstück im Bett mit den Kindern."

„Hmm", stimme ich zu. „Aber erst, nachdem ich dich gefickt habe."

„Okay", haucht sie.

Ich lege mich auf die Seite und ziehe mein Weibchen dicht an mich heran. Ich lege ihr Bein über meines und schiebe dann meinen pochenden, harten Schaft in ihre seidige, feuchte Hitze. Ich stöhne bei dem Vergnügen. Das wird nie langweilig. Ich ficke sie hart und greife nach unten, um ihre Klitoris zu massieren. Das liebt sie. Riley streckt ihre Hand aus und hält sich an meinem Schweif fest, während sie ihren Orgasmus ausreitet. Ich liebe das Gefühl davon, wie ihre kleine Hand meinen Schweif drückt, während ich in ihr abspritze.

Danach watschelt meine Schönheit nackt in die Dusche. Ich folge ihr hinein, wasche ihren üppigen Körper und beschere ihr noch einen schnellen Orgasmus mit meinem Finger an ihrer Klitoris, so wie sie es gern hat. Mein armes Weibchen sehnt sich immer besonders nach meinen Berührungen, wenn es schwanger ist.

Wir ziehen uns an und gehen getrennte Wege, um mit dem verrückten Unterfangen zu beginnen, unsere Sprösslinge aufzuwecken, Windeln zu wechseln und alle in unser Bett zu lotsen. Die Nanny hat heute den Tag frei und wir nutzen ihn als Familienzeit – nur für uns. Riley geht nach unten, um das Essen und die Getränke vorzubereiten, und ich scheuche unseren Nachwuchs liebevoll in unser Zimmer und auf unser Bett. Dort treffen wir uns alle.

„Daddy, warum sind deine Reißzähne so lang?"

„Mami, warum hast du keine Hörner?"

„Ich wollte Schokomilch!"

Sie wuseln überall auf uns herum. Die Kleinste halten wir zwischen uns, die anderen streifen umher und suchen sich ihre Plätze auf dem Bett aus. Tabletts mit Essen und Getränken stehen für alle bereit. Wir essen und trinken und lachen und kitzeln einander und ringen miteinander. Dann schalten wir eines unserer Lieblings-Kindervideos ein und sie fangen an mitzusingen.

Zu all dem Trubel höre ich das ferne Geräusch einer Tür, die sich öffnet und wieder schließt. „Aegir, zieh dich an, wir sind da", brüllt eine Stimme von unten.

Ich setze mich auf und schnippe mit dem Schweif. Was zur Hölle?

Riley beißt sich auf die Lippe und schaut zu mir rüber. „Oh, oh. Ich habe vergessen, dir zu sagen, dass Bergelmir und seine Partnerin heute vorbeikommen."

„Onkel Bergelmir ist hier?", schreit Loge und rennt zur Tür. Der Rest meiner Sprösslinge läuft ihm hinterher.

Riley zieht unser kleines Mädchen in ihre Arme. „Sorry Aegir, das habe ich total vergessen!" Und dann watschelt sie auch schon zur Tür, ein breites Grinsen im Gesicht.

Ich lache und schüttle den Kopf. Im Touchstone-Haushalt wird es nie langweilig.

ENDE

HOLEN SIE SICH IHR KOSTENLOSES BUCH!

Tragen Sie sich in meine E-Mail Liste ein, um als erstes von Neuerscheinungen, kostenlosen Büchern, Sonderpreisen und anderen Zugaben zu erfahren.

https://geni.us/jungfrauunddervampir

ÜBER DIE AUTORIN

Michele Mills lebt in Kalifornien und führt mit ihrem Mann und ihren beiden Söhnen ein Leben der ruhigen, jugendfreien Verzweiflung. In einem Versuch, ein erfülltes, nicht ganz so jugendfreies Privatleben als Frau zu führen, das keine Disney-Filme und Kinderserien beinhaltet, liest und schreibt Michele schmutzige Romanzen und, nun ja … schmutzige Romanzen. Und sie würde es auch nicht anders haben wollen.

BÜCHER VON MICHELE MILLS

Monster lieben kurvige Mädchen

Seine menschliche Nanny

Seine menschliche Leihmutter

Seine menschliche Assistentin